子張 著

人在字裏行間

文匯
出版社

序

    在杭州，四五月和九十月当属全年最为明丽可人的两个季节。四五月，虽说也时有乍暖还寒、天雨花湿之感，而晴暖温煦香艳毕竟已是主体色调，故无论去后山茶园走走，还是于自家阳台守静闲读，皆好。不同于四五月的新茶滋味，九十月是新桂香浓，无论走在何处，一树树，一簇簇，一丝丝，一缕缕，眼目触及，口鼻生香，不一而足，真是无须躲却躲也躲不掉的"艳福"了。

    现在正是四月中。四围山色皆明媚，窗外市声亦纷纭。在这样的时刻翻完这本新书的校样，自然忍不住说几句好天气的话。

    说完关于好天气的话，还有几句话关乎本书，也一并说说。

    从较新较近言之，写孙犁的几篇短文或许表达了我阅读现代文学不同以往的一些感觉。我从事现代文学教学三十年有

余，一向是做正面文章，也即是多从正面看，如此看到的自然
也就多是光鲜的一面。不料前年为某会准备论文，又翻了手头
所存孙犁文集，竟接二连三写了几则别样短文，分别对应孙犁
名作《铁木前传》和他对鲁迅周作人表里不那么一致的态度，
以及文学史对他本人的记载与评述。大概是短文的立论过于
"别样"了些，以至于投给媒体后令编辑朋友犯了难。其实照
我看，所谓"别样"，倒也算不上纯然的反面文章，最多是
"侧面"一些罢了。

　　比如孙犁对鲁迅、周作人的态度，我之所以用"外鲁内
周"加以表述，是因为看了孙的文字，的确发现了原先不曾注
意的一面，即孙对鲁、对周表现于其言行的某种"表里不一"
的矛盾态度。先说对鲁迅，在孙犁笔下，鲁迅绝对处于其精神
偶像的位置，可联系孙犁自己的文学写作，却实在谈不上得鲁
迅"真传"，《铁木前传》就更是与鲁迅的文学精神南辕北辙。
次说对周作人，此老在孙犁文字中自是一副民族罪人的形象，
可奇怪的是，孙犁自己的文字风格尤其是晚年文学意趣，竟不
期然而然地像极了周作人……

　　此余所谓"外鲁内周"之要点。

　　我指出孙犁这一矛盾态度，毫无贬低孙犁的意思，而是由
孙犁，我感觉到自鲁迅、周作人成为现代文人两个不同的精神
原型以来，的确存在着文学界、文化界对鲁、周不同态度的选
择，也的确普遍存在这种外在态度和内在接受的不同步、不对
应性。现在，这种不同步、不对应、不统一的矛盾态度所构成
的现当代文人人格面具的轻度分裂现象，引起了我的好奇。

孙犁其实并非最极端的例证，在他自己无法意识到的层面，旁观者或有替他作出一些分析的可能。无妨这么说，就孙犁而言，他对鲁迅的尊崇和对周作人的贬斥也是发自内心的，至于他自己的文学之达不到鲁迅而较近乎周作人，则除了本人性情因素，似乎也还有时势的左右，盖在某些特别背景下，孙之达不到鲁迅而悄悄贴近周作人，或许实在有不得已的苦衷在也。

孙犁如此，更多的当代文人又何尝不是如此。更不必说那些人格真正分裂而完全把鲁迅周作人当虎皮用或当枪使的人了。

自然，也还有外鲁内亦鲁、外周内亦周的内外一致者，或者一身而兼周、鲁者。细说起来，怕也很是复杂。因为人格、个性的构成，原本就复杂，加之近现代政治时势的重压和干预，自然是更加不宜简单视之了。

作为一种现代文人人格现象，不是一两篇短文、更不是片言只语就说得清的，在此略说几句，无非对收入本书的几篇"别样"短文之产生做点解释，以使读者了解。至于我自己，倒愿意接着此一话题，陆续再找几位面熟且较为有趣的人物做些观察，不敢言"精神分析"，更不敢言"诛心"，只是觉得好玩而已。

本书还收入其他不少短文，不赘述，希望听到书友们的批评。

二〇一七年四月二十四日，子张于杭州午山

目 录

卷 一

卷 二

卷　三

卷　四

卷一

外鲁内周说孙犁

想到这个题目，其实是想知道孙犁怎么看、又怎么在文字里表述鲁迅与周作人。

这是因为，多少读过一些孙犁的文字，尤其是其老年写下的散文、随笔、读书札记，就产生了一种直觉，即其性情、文风与周作人有相当的贴近。贴近，固然可能有若干原因，性情属于天生，文风则会"传染"。那么，除了从鲁迅那里接受二周相似的一部分，有没有直接来自周作人的成分呢？

带着这样的疑问再次进入孙犁的自传、书信、读书札记，专注于"周作人"三字，果然看到了数条记载。

不过这种记载，有一个强烈的对比性态度，那就是对鲁迅是无条件尊崇，对周作人则是大否定中有某些微妙保留。

对鲁迅，孙犁既始终保持热烈的情感，复积累起相当系统的理性认知。早在一九五二年十月写下的《鲁迅的小说》一文就从思想、题材、白描、新鲜、讽刺五个侧面对鲁迅小说详加阐发；一九八六年十月写《谈杂文》，又系统提出学习鲁迅的"四个方面"：思想的变化及发展，文化修养和读书进程，行为实践，时代。至于热烈的尊崇之情，可标注的地方就更多了。像一九七七年十月写的《关于散文》，实际就是对自己与鲁迅关系的一次梳理。说到散文，他自己先表示："最喜爱鲁迅先生的散文，在青年时代，达到了狂热的程度。"这种"狂热"，还可以由《耕堂书衣文录·中国小说史略》一则来作注解，因这部历经乱世而得以留存的《中国小说史略》，是当初作为中学生的孙犁自"保定天华市场小书铺"购得，且是他一生"购书之始"。

孙犁关于鲁迅的专文，通常都写于十月份，显然都带有纪念鲁迅的仪式性，当然也可以看出鲁迅在孙犁心目中的地位。这种地位，有时甚至通过带有强烈感情色彩的对比性语言出之，甚至直接拿周作人为目标。比如"文革"后期所写《耕堂书衣文录·鲁迅小说里的人物》一则，明明是介绍周作人晚年著作，却突然由书及人，为鲁迅抱起大不平来："并想到先生一世，惟热惟光，光明照人，作烛自焚。而因缘日妇、投靠敌人之无聊作家，竟得高龄，自署遐寿。毋乃恬不知耻，敢欺天道之不公乎！"（一九七四年十一月二十三日）

这里，拿来与鲁迅"惟热惟光，光明照人，作烛自焚"作对照的，是周作人的"因缘日妇，投靠敌人，无聊作家，竟得

高龄"。语涉周作人四宗"不是",如今看来,之一、之四有点
"欲加之罪"的嫌疑,之三"无聊作家"可能也属于见仁见智
的问题,唯有之二算是铁板上钉钉的事实,仿佛也的确是公认
的大污点。

可是,到了九十年代,这个大污点好像慢慢有人出来质疑
且公开为周作人护短了,"迫不得已"说,"偶尔失足"说,
"地下工作"说,不一而足。对此,孙犁在《耕堂题跋·知堂
谈吃》这篇专谈周作人的短文中作了相当全面的回应。本来,
《知堂谈吃》是友人送给他的一本书,并非一定要郑重其事地
介绍,而有此专文,重心全不在书,只在作者的"人"。一上
来,孙犁即由一个前提性的逻辑背景感慨:"文坛随时运而变,
周氏著作,近来大受一些人青睐。好像过去的读者,都不知道
他在文学和翻译方面的劳绩和价值,直到今天才被某些人发现
似的。"接着即从历史由来角度,直言不讳道:"即如周初陷敌
之时,国内高层文化人士,尚思以百身赎之,是不知道他的价
值?人对之否定,是因为他自己不争气,当了汉奸,汉奸可同
情乎?"

"汉奸可同情乎?"也许是为了回答这个疑问,孙犁提到一
件具体事端:"前不久,有理论家著文,认为我至今不能原谅
周的这一点,是我的思想局限。"

这大概就是当时"周作人热"到高烧程度时出现的为周
"护短"之一例了。

那么,孙犁又是如何为自己辩护的呢?

孙犁答辩道:"有些青年人,没受过敌人铁蹄入侵之苦,

国破家亡之痛，甚至不知汉奸一词为何义。汉奸二字，非近人创造，古已有之。即指先是崇洋媚外，进而崇洋惧外。当外敌入侵之时，认为自己国家不如人家，一定败亡，于是就投靠敌人，为虎作伥，既失民族之信心，又丧国民之廉耻。名望越高，为害越大。这就叫汉奸。于是，国民党政府，也不得不判他坐牢了。"

显然，态度是明朗而又决绝的。不过，"国民党政府，也不得不"的说法似乎略显暧昧了些，对周作人"附逆"的说明也似乎过于简略了一点。"投靠敌人，为虎作伥，既失民族之信心，又丧国民之廉耻"这样的"汉奸"定义，原封不动地加之于周氏，怕是确有简单化之嫌。不妨参照一下南京"首都高等法院"当初审判周作人的最终判词："查申请人虽因意志薄弱，变节附逆，但其所担任伪职，偏重于文化方面，究无重大罪行"，并有"曾经协助抗战及为有利人民之行为"。

大否定之外，孙犁于此文末段，还是透露出了对周氏的某种保留。这种保留态度见之两句话，一是："至于他早期的文章，余在中学时即读过，他的各种译作，寒斋皆有购存。"还有一句是："对其晚景，亦知惋惜。"

此文之外，也还有几处。一九八〇年三月撰《文学和生活的路》，通过周作人日记谈到鲁迅幼年读书的情况。一九八三年十月撰《我中学时课外阅读的情况》，所列小说散文书目，除《独秀文存》《胡适文存》，并有鲁迅、周作人等译作。一九九〇年《耕堂读书笔记·胡适的日记》一则，提及刘宗武送《知堂书话》："书价昂，当酬谢之。"

　　这些保留，固然不能直接作为孙犁接受周氏文风影响的证据，可也明确无误甚至耐人寻味地表明一点，周作人之著、之译，是孙犁个人阅读史中相当重要的一环，不但早自中学时代即开始，且一直持续到老年，"皆有购存"一语，尤其微妙。一方面至为反感其人，一方面则无遗漏地购存其书，这岂非十分奇特的阅读现象吗？

　　说至此，仍觉意犹未尽，我脑子里忽地跳出了"外鲁内周"一词，以为这不仅对孙犁，对另外不少文化名家似乎也颇适合。全于如何"内外"，又何以"鲁周"，却又一时说不太清楚了。或许，这种阅读现象，只是透露了无论周作人还是孙犁，都具有某种特殊性和复杂性而不可对其轻下断语吧？

　　　　　　二〇一五年十月三日，长假第三天，杭州午山

友情因何而变？

——重读《铁木前传》

《铁木前传》一九五九年初版本八十五页，一九七八年再版本六十九页，北京图书馆书目编辑组编的《中国现代作家著译书目》却标注为"长篇小说"，不知有何依据？不过这本薄薄的小说，似乎在孙犁生活史上总有点特别痕迹，使他每每谈及都带着些特别口吻。

最早是在"文革"后期的一九七五年春，孙犁在《耕堂书衣文录·铁木前传》里就说："此四万五千字小书，余既以写至末章，得大病。后十年，又以此书，几至丧生。则此书于余，不祥之甚矣。"

一九七九年十月，又有一篇专门的《关于〈铁木前传〉的通信》，对于此书的前因后果作了更详尽的交代："起因，好像是由于一种思想。这种思想，是我进城以后产生的，过去是从来没有的。这就是：进城以后，人和人的关系，因为地位，或因为别的，发生了在艰难环境中意想不到的变化。我很为这种变化所苦恼。"由这种思想生发开去，"朋友""铁、木二匠""童年"这些才慢慢变成小说中的主题或意象。当然，由于写作时的特定政治背景，"小说进一步明确了主题，它要接触并着重表现的，是当前的合作化运动。"

到了一九八〇年九月，在《答吴泰昌问》里，孙犁再一次提及该小说，对小说末章的补写和后来"文革"的遭遇作了补充性说明："《铁木前传》则是因为我写到第十九节时，跌了一跤，随即得了一场大病，住疗养院二三年。在病中只补写了简短的第二十节，草草结束了事。""在'文化大革命'期间，我家前后被抄六次，其中至少有三次，是借口查抄《铁木后传》的。……在当时，一本《前传》，已经迫使我几乎丧生，全家遑遑。"

笔者是通过旧书店所购再版本初读《铁木前传》的，今天重读一过，一些印象又重新浮现出来。

这些印象包括：其一，小说起意于"人和人的关系"的"变化"，本来十分难得，切切实实从人性与历史、与环境的互动关系挖掘，是值得期待的。可惜终不能一以贯之，心有旁骛，以至于"小说进一步明确了主题，它要接触并着重表现的，是当前的合作化运动"。如此三心二意、枝枝蔓蔓，怎么能写出人性的深度？最后的结果就是把小说写成了一部不够纯粹的、态度游离的、浅尝辄止的作品。小说第七段写两"亲家"重逢，"傅老刚打量着亲家高高翻起的新黑细布面的大毛羔皮袍，忽然觉得身上有些寒冷似的";第十二段写"在黎老东和傅老刚这一次合作里,两个人心里都渐渐觉得和过去有些不一样";第十三段写黎老东的个人反省,"他回忆着在这一段日子里,自己的言谈举动,他的痛苦就被惭愧的心情搅扰,变得更加沉重了。"都还是贴近对人心的洞察。可在第十二段解释这"悲剧产生的根源"时,却又笼统而概念化地归因到"地位""主人态度"甚至"顺理成章"地判断为"这当然不是新的社会制度的过错,而是传统习惯的过错"。从这种分析看,《铁木前传》并没超出李凖《不能走那条路》、赵树理《三里湾》的套路,甚至远不如柳青《创业史》对真实的"落后"农民心理的体贴。

其二,薄薄六十九页的小说,其中涉及的时代却经历了抗战前、抗战、内战、土地改革和农业合作化运动,前后近二十年。如果小说要写历史,显然篇幅就远远不够,如果小说只侧重人性之"变",则如此众多的历史内容就显得滞重、多余。事实上,小说里的"历史"往往也只能一句话带过,并不能成为小说的有机成分得以描写,这样,体现于人物身上的一些历史性也就显得十分单薄和勉强,如第七段铁木重逢时傅老刚关于"根据地""国民党""老解放区"的说辞;又如第十六段四儿在滑车边那些"人生观""社会的影响"的宏论,实在是时尚而又空洞。

还有,人物塑造的概念化也留下不少痕迹。也许是试图表彰什么又同时贬斥什么,人物塑造上用了对比法。老一代是铁匠与木匠的精神分化对比,新一代则是四儿、九儿和六儿、小满儿的对比,这等于就是在道德规范上的一种设定,实则这些已暗中预示了后来当代文学人物塑造上的阶级对立模式。人物语言也常常不能符合人物身份，如小满儿和上级干部对话时说出的几句："我是说，你了解人不能像看画儿一样，只是坐在这里。短时间也是不行的。有些人，他们可以装扮起来，可以在你的面前说得很好听；有些人，他就什么也可以不讲，听候你来主观的判断。"这个人物前后形象也是不统一的，孙犁写小满儿，似乎有点拿不准。

这些地方之所以显得牵强、别扭，根本上还是作者离开了生活，离开了人物自身，自觉不自觉地充当了"时代"的传声筒。小说也不全无是处，有些片段其实是精彩的，第十一段末尾写杨卯儿初见小满儿为之"惊艳"的失魂落魄状就写得极好，小满儿对六儿的依恋也写得真实，原因恰恰就在于这里都有真实的人性基础。

当然，孙犁对政治的配合并没达到当时的要求，这就是到"文革"时期被扣了许多"帽子""不准发行"并给孙犁带来厄运的原因。

一九七八年"再版说明"里犹言之凿凿地如此表彰小说的时代主题："通过铁匠傅老刚和木匠黎老东的友谊的建立与破裂，深刻地揭示了农村合作化时期阶级分化的必然性。"这固然更加放大了孙犁小说的失败处，而距离孙犁试图揭示"人和人的关系"的"变化"的本意以及揭示这种"变化"的路径显然更是南辕北辙了。

二〇一五年十月七日，长假第七日，杭州午山

文学史中的孙犁

说到文学史与孙犁，不得不面对一个令人尴尬的现象：一方面，孙犁在读书界有众多铁杆粉丝，或曰喜好者；另一方面，左右两种面孔的文学史编写者却又似乎都不太情愿为孙犁留出可观的展览空间，以至于在近年几部知名度较高的文学史著作中看不到与孙犁地位"相称"的记载和论述。

试举两例。

大名鼎鼎的夏志清著《中国现代小说史》，尽管也论及抗战以来直至一九四九年后大陆文学不少作家，竟未有片言只字提到孙犁。九十年代大陆最前沿的两部当代文学史，复旦大学陈思和主编的《中国当代文学史教程》在相关章节仅以"还有"语气涉及孙犁的《铁木前传》和《风云初记》，北大洪子诚的《中国当代文学史》相对好些，在第八章第四节把孙犁列入"另一种记忆"加以介绍，但也同时指出："孙犁的这种抒情的、散文化的小说，不能获得较高的评价。"

八十年代中期，香港司马长风著三卷本《中国新文学史》传入大陆，一时影响甚大。有人也送孙犁一部，孙犁在一九八六年写的《风烛庵文学杂记三抄》中有所评介，可见出他对这部文学史的基本态度包含在两个判断中：一是对其所持政治态度不认同，二是对其推举的"代表作家"不以为然。孙犁谓："海外学者，动辄用'政治左右'，视我国文学。其实在这些人的著作中，政治空气更浓厚，立场更鲜明，态度更坚决。此书作者，竟以一九三八——一九四九为文学凋零期。如果当时的作家们，都不去抗日，都袖手旁观，都关在象牙之塔（那时已没有放这种塔的太平之地），中国文学，反能进入繁荣期乎？"又谓："书中推出的代表作家，一为梁实秋，一为周作人。社团为新月社。此即可见著者之用心矣。"

实则司马氏的新文学史在当时对大陆的启示和借鉴意义，并不限于孙犁所肯定的"所引材料"之鲜见，此处为孙犁所诟病的两点似乎也有误读之嫌。刘"凋零期"一词的使用，司马氏自谓"煞费思量"，也给出了充分学术性的说明，恐不好望文生义，单从词汇本身揣度，否则无法解释作者在第三卷中罗列出的那么多五大文体优秀作者。窃以为孙犁所谓"推出的代表作家，一为梁实秋，一为周作人。社团为新月社"距离司马氏著作本相是相当远的，不能不说此时的孙犁带上了个人的感情色彩，而对原书本意和具体表述少了些"同情之了解"。

不过对这部文学史作出评价非本文能胜任，本文要凸显的只是孙犁个人的某种"偏见"，以及孙犁本人在这部文学史中的位置。

与夏著《小说史》差不多，司马氏在其命名的新文学"凋零期"内，的确也没给孙犁片言只字，仅仅在附录的小说作家和散文作家作品录中分别列入了《芦花荡》《荷花淀》两部集子的书名。知其名不论其文，显示在司马氏看来不够论述分量，小说集、散文集在文体归属上的模糊性则又透露出孙犁文学品质的某种特殊性。

那么，怎么理解夏志清或司马长风对孙犁的"冷遇"呢？

我的理解是：作为抗战背景中走上写作之路的青年作家，孙犁在四十年代文学圈里带有艺术风格和艺术水准的边缘性，有个人风格而格局不够大，有一定成就但算不上大家，并不具备一流作家那种激动人心的阅读冲击力，即使放在延安文学的新传统中，也似乎不像赵树理那样成为某种创作理念的代表性人物。当然，也不能排除夏、司马二人文学观念的不同和个人趣味的取舍。

回头来看，反而还是五十年代王瑶的"新文学史稿"最早给了孙犁相当正面的文学史形象和地位。在第十八章"新型的小说"第一节"解放区农村面貌"里，王瑶将孙犁列在赵树理、康濯、柳青后面给以介绍，且一再肯定其小说"浓厚的生活气息和抒情的风格"以及"着重于表现农村青年妇女在战争中的心理变化和她们的伟大贡献"，这种评价，给了此后若干部文学史作者如唐弢、严家炎和钱理群等以影响，而至一九八七年钱理群等四人编写的《中国现代文学三十年》达到极致。

当然，这种种正面评介，均出自大陆五十年代以来主流文学史观点，所认可的是孙犁与"革命"的主流文学写作风潮"大同"中的"小异"，而海外文学史家的着眼点显然在这方面另有所钟，也就自然会出现异乎上述正统文学史的表述。最后，再引述前几年影响甚大的德国汉学家顾彬之《二十世纪中国文学史》中涉及孙犁的一段话结束本文：

> 他被当作继赵树理之后在解放区成长起来的最重要的作家，作为短小的诗意小说《荷花淀》（1946）的作者至今留存在读者记忆中。对于一些人来说他甚至是新中国的伟大叙事者之一，而从西方视角看来上述那篇小说只是平庸的战争制作。它按照作者家乡河北白洋淀的情形，描绘出一幅抗战的场景。妇女们在这儿按照他们男人的榜样学会了对日本作战。作家唯一需要去做的，就是毫无保留地向这些妇女们报以赞颂。就是这儿也有一个范式转换：如果说"五四"的代表作家，包括其继承人，更多地描写女性的含辛茹苦的话，孙犁则写出女性战友们"美的心灵"。这场战争和后来的革命一样成为一次净化行动，为了一个"美的生活"的前景。一个男子和妇女所共有的崇高民族魂，驱散了战争的恐惧。

似乎不能简单地将顾彬的评述视为对前述正面评价的"颠覆"，但是显然，顾彬的观察角度十分不同。在他看来，孙犁对抗战女性的赞美，至少是有得有失，而所谓"失"，就在于将生活的严酷和战争的恐惧，不动声色地摒除在他所歌颂的女性"心灵美"以及"美的生活"的前景之外了。

　　　　　　二〇一五年十月十四日，"霜降"日，杭州午山

渐行渐远陈寅恪

　　刘克敌在新著《陈寅恪和他的同时代人》的后记中追述他十数年来从事陈寅恪研究的缘由，言下不无感慨。他先后引用陈寅恪祭悼王国维的诗句和郁达夫由鲁迅之死而生发的议论，借以寄托自己的情怀。一方面"在内心深处，当永远有对他们之怀念与景仰之情——只因为今天的时代是一个没有大师的时代，或者说即使有了大师也不知理解与珍惜的时代"，而另一方面则是"做一个简单的试验：看看今天的青年人还有多少知道陈寅恪是谁、王国维投水自尽是哪一天以及是否知道今年是鲁迅逝世七十周年，我想大概那结果会令人失望罢"。

　　自责与失望，怀疑与忧虑，使作者对自己提出了要求："面对这样的现实，自己还能做些什么？在真正绝望之前，是否还有必要再做点什么？这，也许就是这部书稿问世的动机……"

　　作者的忧虑是真实的、感人的，但若是只因为今天的青年人不太知道陈寅恪是谁而陷入绝望却又似可不必。一则人生代代无穷已，每一代都有属于自己的问题；二则"今天的青年人"毕竟还只是青年人，焉知他们将来不会发展变化？即如我们这一代对王国维、鲁迅、陈寅恪的认识，不也在短短的十数年之中经历了千山万水的跋涉吗？

　　从另一角度说，陈寅恪也罢，其同代人也罢，在历尽苦难、沉埋之后终于在近十数年内引发了中国学术界、文化界的轩然大波，且大有形成一门"陈学"的趋势，不恰恰再一次应验了"抽刀断水水更流"或者"是金子总会发光"那些老掉牙的哲谚？时间的检验毕竟最无私。

　　如果说今天的时代是没有大师或有了大师却不知理解与珍惜的时代，则真正需要反省、警戒的恐怕还是自命为社会文化之"中流砥柱"的那些人，那些年富力强、位尊权重、一言九鼎的风流人物，与工农兵时代有所不同的是，这样的人如今几乎无一例外的都成为了"知识分子"。无论他是行政知识分子、技术知识分子，还是人文知识分子，都拥有举足轻重的裁决权和话语权，也都负有创造当代历史的使命。如此权重一时，难道不需要"博学而日参省乎己"吗？

　　因此我说，《陈寅恪和他的同时代人》作为作者要做且能够做的事，其意义必首先在于通过对一位隔代大师为人、处事、著书、立论风格的索解给当代文化人和学人提供了一个省思的机会，或者说这是一首诗的起兴之笔，作者在书中所关注的也必是当代学术界最需要关注的。从这一角度着眼，我以为全书中最有分量的还是第三辑中的十一篇文章，而十一篇文章之核心的部位则在于对"陈寅恪的中国知识分子观"一而再、再而三的诘问与阐释方面。从某种意义上说，一切学术皆为当代的学术，对陈寅恪及其时代的追究自然包含着对"今天的时代"的思索。自从"五四"时期中国知识分子逐步成为社会变革的主角以来，对中国知识分子之身份、角色、使命、责任的讨论始终是最热门的"学问"，不同类型的知识分子自身也从未停止过对这一问题的追问。陈寅恪之成为当代文化界与学术界的焦点人物，在其深湛而独特的史学、语言学、文学研究成果之外，其自身卓然高标的治学方法、风骨以及对知识分子问题的思考恐怕更足以令人聚焦。那么，陈寅恪的中国知识分子观是如何构成的呢？刘著通过几次三番的翔实考察，认为"陈寅恪不仅始终不渝地坚持学术独立、思想自由的原则，而且以此为准绳对历史和现实中的知识分子进行严格和实事求是的评价"。自然，所谓"学术独立、思想自由"只是一个原则，如何做到、怎样实行则是另一回事。特别是，中国历代知识分子在社会政治和经济文化中的地位与欧洲知识分子十分不同，其处境从来都是十二分险恶。对此，刘著认为"极为关注处于动荡时期知识分子代表人物的命运及其精神变化"是陈寅恪知识分子问题研究的"一个鲜明特点"。

除此之外，通过《奇异的比较：文人和女人》以及《纯净的耻辱与高贵的复仇》，作者又分别探悉了陈寅恪以《柳如是别传》为代表的"红妆研究"之深刻内涵和其晚年恒力坚持

"纯学术立场"的根本目的。作者认为，陈氏之"红妆研究"首先经历了一个由"无意为之到有意追求的过程"，其次这种"红妆研究"的目的是"通过将女性设为一个比较的参照系，将文人作为被比较的对象，在对二者的分析比较中，陈寅恪是在有意继续他前期对中国知识分子和中国文化命运的研究课题"。

早在《陈寅恪与中国文化》中，作者就较为全面地考察了陈氏之文化观、语言研究、历史研究、文学研究、治学原则与方法甚至诗歌创作，现在，他又通过这本新著，补充了对陈氏之知识分子观的构成以及其中国近代史研究、新文化运动观，也列举了陈氏学术研究中的某些"失误与偏颇"。这样，作者就经由自己的努力，对陈寅恪这位真正意义上的学术大师与文化大师作出了全方位而又卓有成效的考释与讨论。当然，这努力对于当代学术健康发展的意义自不待言。

还有，既然名之曰"陈寅恪和他的同时代人"，则其第一、二辑的内容亦不容轻视。因为，当这些与陈寅恪或同气相求、或互有参差、或大相径庭的文化人在同一个历史舞台上亮相时，不独陈寅恪的面目骤然变得更加清晰，即如"学术""文化""知识分子"乃至"历史"本身的内涵似乎也一下子通透起来。

或者，这也是一种比较？

二〇〇六年十月二十三日，杭州

纪弦：飘落的槐树叶

诗人无年龄，百岁犹少年。

获悉诗人纪弦七月二十二日以一百零一岁高龄在旧金山家中谢世，我首先想到他那首著名的《一片槐树叶》，不禁感慨：那片槐树叶飘落了，能否叶落归根？接着又想到他另一首早年诗作中的佳句："何其臭的袜子，何其臭的脚……"我忘了这首诗的题目，权以《流浪人》贴上微博，很快得到友人的回馈，告知诗题为《脱袜吟》，乃发表于《现代诗风》。

纪弦，跟所有从旧大陆到台湾的现代作家、诗人一样，整整三十年被那弯浅浅的海峡隔断，孤绝天外一般。直到二十世纪八十年代初期，才又重新回归——当然，回来的不是人，乃是他的诗。

　　不敢确定他的诗最早由谁介绍回来，流沙河引用他的名作《你的名字》，出自一九八一年上海文艺出版社的《中国现代抒情短诗100首》，到今年也有三十二年了。不过，正式而较大规模的介绍，怕还须归功于诗人流沙河吧？

　　流沙河一九八二年在《星星》诗刊辟专栏，每月介绍一位台湾现代诗人，第一个介绍的就是纪弦。化用其另一首名诗《狼之独步》而题为《独步的狼》，这该算是大陆当时最详尽的介绍文字了，虽然犹抱琵琶半遮面地带着一丝丝意识形态气味，如"固守着没落阶级的偏见"云云，毕竟有着惺惺相惜的衷曲在，涉及的作品也有十首之多。翌年，十二篇专栏文章结集为《台湾诗人十二家》，由重庆出版社出版。

　　九十年代中期，我给学生开设"台湾现代诗歌"选修课，除了流沙河的"十二家"，我在学校图书馆找到一套新出"台湾诗歌名家丛书"，北大中国新诗研究中心策划，蓝棣之主编，中国友谊出版公司出版，其中就有一册《纪弦诗选》。

　　这该是大陆出版的第一种纪弦诗作的选本了，从纪弦去台后先后出版的八部自选集中精选一百四十七首，作品时间跨度从一九二九年到一九八四年。书前另有一篇编选者撰写的相当专业的序言，书后附有《纪弦书目》和《纪弦年谱》。看得出，这份"年谱"当为诗人自己编写，相当个性化，迄今为止，也是了解诗人生平最权威性的文献。通过这个"年谱"，我们知道了纪弦父亲"追随国父从事革命"的辗转奔波，知道了纪弦为何"视扬州如故乡"，也知道了他虽毕业于苏州美专，实则考入的是武昌美专，因为结婚才转学的。因为学的是美术，故有一九五二年那帧漂亮的、衔着烟斗、民国风的油画自画像。

一九九三年九月，我在杭州河东路一家不卖书的商店看到正在处理的一大堆书，找到了一册从未见过的纪弦另一个诗选本：《纪弦精品》，人民文学出版社，一九九五年一版一印，印数只有两千零五十册，当即买下。这书由责编莫文征编选，可书前的序言却是纪弦新撰的《自序》，对这本书的由来和他的写诗经历、现代诗观做了清清楚楚的表白，读来十足叫人开心。

更叫人开心的是，莫本所选避开了蓝本所选，"绝无一首雷同"，而且，蓝本因为篇幅所限而漏选的佳作皆由莫本补足，莫本选诗的时间跨度更长，延伸到一九九三年，较蓝本多出九年。故可爱的纪弦先生一而再、再而三地用他的"人格"向读者"保证"："凡是既已拥有'蓝书'的读者，再买一本'莫书'，是不会花上冤枉钱的。"

那么，莫本"精品"共选收纪弦诗作多少呢？两百零八首！这其中就有为蓝本漏选的纪弦大陆时期佳作《脱袜吟》《在地球上散步》《吻》，台湾时期的《船》《过程》《台北之夜》以及诗人写于新大陆的大量作品。据说余光中有一次提到纪弦，颇表不屑之态："是那个三十年不写诗了的纪弦？纪弦三十年前去美国后就不写诗了，我还在写。"可见随便发表意见是多么的不智。

两本诗选，因为不重复，则两两相加就是三百五十五首，一个相当不小的数字。查《纪弦年谱》，知他在旧大陆时期出版过诗集九种：《易士诗集》（一九三一）、《行过之生命》（一九三五）、《火灾的城》（一九三七）、《爱云的奇人》（一九三九）、《烦哀的日子》（一九三九）、《不朽的肖像》（一九三九）、《出发》（一九四四）、《夏天》（一九四五）、《三十前集》（一九四五），台湾和美国时期又出《摘星的少年》《饮者诗抄》《纪弦诗选》《槟榔树》甲乙丙丁戊集、《纪弦自选集》和《晚景》。我没有条件找到这些诗集一一统计，那么，纪弦此生写诗总数，谁能告诉我们一个准确的统计数字呢？

　　除了蓝本、莫本，大陆至今没见纪弦诗集或全集的出版，也没听说哪个出版社愿意把他旧大陆时期的诗集重新出版。友人通过微博告诉我，江苏文艺出版社有出版纪弦诗集的计划，那么，这是很令人期待的。

　　二○一三年七月二十五日，杭州摄氏四十度高温中

"但求解古人故旧之沉郁……"

三月三十一日，下午先后为研究生和大一新生讲授近代印刷出版业之发达，晚间却忽然收到宁文兄短信，告知来新夏先生刚刚在这个下午过世，年九十一岁，并准备于《开卷》下期组织纪念，问我可否写点什么。

虽然我与来先生既不熟悉，亦无往来，但又觉得确有某些话要说，故立时回复宁文兄，答应写段文字略表悼念之意。

来先生鼎鼎大名，我总是知道的，可因为专业离得稍远，往还的机缘也就不容易碰到。没想到二〇〇六年春天，我应约赴天津南开大学参加诗人穆旦的学术研讨活动，竟然邂逅了这位著名的前辈学者。先是他来看望和我同住一室的海宁学者陈伯良先生，彼此简单交流几句，我始知他乃浙江萧山人。翌日会议开幕，来先生出席了开幕式。而会议期间他是否有过发言，我已记不清楚了。

前年初夏某日，也是宁文兄短信告知，来新夏教授学术思想研讨会暨九十华诞庆典在萧山举办，约我带本书去请其签名。惜我手头只有来先生主编"中华幼学文库"并作序之一种《杂字》，想想远不够"粉丝"级别，遂作罢。但还是当即乘车赶到开元萧山宾馆，见到了宁文、韦泱诸兄，宁文甚至为我预留了一套纪念品，包括一幅"寿"字挂轴、一帧"中国邮政"纪念封、一本中华书局版精装《友声集——来新夏教授九十初度暨从教 65 周年纪念集》，以及一部朴庐书社印制的繁体竖排《来新夏随笔选》。尽管第二天未再赴会，却因了宁文兄的邀约，倒一下子有了若干与来先生有关的物品，便再也不能说与来先生无缘了。

我于来先生之史学、目录学、图书馆学乃至写作成就，近乎盲者，实在无由置喙。然读过他的《怀穆旦》一文，却感到文章虽短，感慨甚深，由此或可触及来先生心路之一隅。

来先生曾自谓其散文随笔"不外三类"：一曰观书，二曰窥世，三曰知人。"观书所悟，贡其点滴，冀有益于后来；窥世所见，析其心态，求免春蚕蜡炬之厄；知人之论，不媚世随俗，但求解古人故旧之沉郁。斯固可谓冷眼热心之作，亦我食草出奶之本旨。"（见《人生也就如此》）

我以为，《怀穆旦》一文，正是一篇"不媚世随俗，但求解古人故旧之沉郁"的"知人之论"。

生前寂寞无尽，死后享誉日隆，是一切人格高洁、艺境超前诗人的普遍命运，穆旦自不例外。而世俗之人，却既可以与俗世同谋冷落诗人于前，复可以攀附诗人荣名以自售于后，实则前倨后恭，皆非本心，功利之欲使然耳。

而来先生此文，却并非那种借光自赏的投机之作，他反反复复强调的，只是希望在面对穆旦的光荣时，别忘了穆旦后半生所遭遇到的厄运和苦难。

之所以出此言，是因为来先生在"文革"时期，曾经与穆旦由较远而较近，由同命运而成为在一起打扫校园和厕所、清洗游泳池而近距离接触的难友，因此成为穆旦受难史中某个时段"唯一的见证人"。故而来先生表示："为了让穆旦的人生能有比较完整的记述，后死者应该担负起这种追忆的责任。"这正是此文的意义所在。

文章既对穆旦"文革"前十几年在南开的遭际有所陈述，更对穆旦于"文革"初期几年进一步的沦落作出了有力的见证和描画，令读者像是亲眼看到了身处苦难深处的诗人影像。其中当然也有来先生自己对穆旦的印象，比如："后来当我读到他的全集时，那种才华横溢的诗才与他在游泳池劳动相处时的形象怎么也合不起来。他有诗人的气质，但绝无所谓诗人的习气。他像一位朴实无华的小职员，一位读过许多书的恂恂寒儒，也许这是十来年磨炼出来的'敛才就范'。"一九七〇年，两人分别被解送到不同的地方"劳动改造"，直到四年之后才又开始在校园里偶尔碰到。限于严酷的人人自危的政治形势，这自然也算不上什么深度交往，然毕竟遭际相似，彼此心有戚戚，能够相互谈谈诗歌甚或彼此宽慰几句，已经极其难得了。

看得出，两人性情有差异，而穆旦长来新夏五岁，故而穆旦常处在"嘱咐""开导"地位，也是可信的。

在文章后半，来先生也有疾言厉声为穆旦抱不平的陈辞，那就是对穆旦错案平反一再拖延的愤怒："错误决定何其速，而纠正错误又何其缓？"

也许从这里，读者可以感觉到来先生更为幽深的感慨和疑问。一个竭尽全力热爱祖国的诗人，何以长期遭到严酷的打击和折磨？何以"生前的二十几年，几乎没有一天舒心日子"？"身后名不如生前一杯酒"，我能从来先生的话中品味到一种浓浓的苦涩。来先生说："穆旦喝尽的苦酒给生者带来了许多理不清的思考。真正希望穆旦喝尽了苦涩的酒，把一切不该发生的悲剧一古脑儿担走"，这岂非正是中国人文知识分子共有的心曲？

谨以此文表达对来新夏先生的敬意和悼念。

二〇一四年四月三日，杭州午山

送别孙静轩

　　和有些虽然生活在当代、但其诗其人却与当代没有什么关联的诗人不同，孙静轩算得上一位真正意义上的当代诗人。

　　这么说，不仅仅因为孙静轩在诗歌文体实验方面表现出的强烈的当代意识，也不仅仅因为孙静轩的抒情诗呈现出特别敞亮的当代背景，更主要的是作为一个高度自觉的诗人，孙静轩那份如痴如狂的为当代进击、受难、痛苦却又常常不为当代所理解的悲剧精神。很多时候，我被这种即使在诗人当中也极为少见的悲剧精神所感动，而有时候，却又为这种精神感到困惑。我不知道对于孙静轩，对于我们这个民族，这样的悲剧精神究竟意味着什么。

　　孙静轩成名于五十年代，随后就是长达二十年的沉寂。八十年代，他对历史和生命的深沉的反思改变了他以往纯粹的浪漫诗风。他以云南石林为中心意象创作的《燃烧之后，凝固》

既可以视为对他自己苦难历程的诗性描述，也可以看作是他对灾难的哲学性审视：

> 一次巨大的燃烧、喷吐
>
> 竟造成了恐怖而又悲壮的骚动
>
> 彼此碰撞着，倾轧着
>
> 发出一阵惊心动魄的凄厉的呼号
>
> 软弱的倒下去，沉没了
>
> 倔强有力的，终于上升

这里所表现的，已不是一个善诉苦者沉沉的幽怨，而是坚韧的挑战者遒劲的身姿。

此后，大多数"归来者"诗人的情感世界趋于平静，连他最爱的诗人艾青也停下了脚步。孙静轩却似乎老当益壮，创作了《黑色》《这里没有女人》《地球在你脚下》等一系列抒情长诗。他的目光投注在小小的、然而令全世界为之迷醉的足球上：

> 是的，这就是足球
>
> 人类最伟大最壮丽的一种嬉戏
>
> 一个小小的圆球
>
> 足以使世界为之旋转
>
> 使全人类在狂欢的风暴中发疯
>
> 使沉陷的崛起，使死去的复活

　　在许多诗人乃至批评家眼里，孙静轩是一个高傲的诗人，他的高傲难免会给他带来孤独。但是，真正了解孙静轩的人能够感觉到，他的高傲并不是因为他不尊重人，更不是怀着自我炫耀、背叛朋友的狂野之心。对于诗人，他只是有着自己的评价尺度，而且这尺度又的确严酷。对于他不喜欢的诗人，他的厌恶溢于言表。

　　孙静轩有许多他喜爱的"老哥子"，又有许多得意的"学生"（他愿意把他欣赏的青年诗人称为他的学生）。但常常，孙静轩是孤独的。他的眼神中深深的忧郁，曾经使我受到强烈的震撼。据说他做过艾青的学生，那么，是不是他和乃师一样拥有一个忧郁的灵魂呢？

　　有着鲁人之执着和蜀人之敏感的诗人，为什么你的眼里常含泪水？是不是对你所生活的这个时代还有无法表达的爱情？或者对你充满挑战和忧患的悲剧命运有着某种神秘的预感？

　　让我用你纪念艾青的诗句来为你送行吧：

　　　　如今他已离我而去，远走另一个世界
　　　　除了一卷诗稿和一声无奈的叹息
　　　　什么也没有留下

　　　　……

　　　　　　　　　　　　二○○三年七月十一日，杭州朝晖楼

诗心如秋水　老来渐澄澈
—— 木斧《诗路跋涉》代序

收到木斧先生以"特快专递"寄来的《诗路跋涉》二校稿，我迫不及待地先匆匆浏览了一遍，即去应付紧张的学期末工作，考核、座谈、监考，忙作一团。今天却有一个整天可以待在家里，外面淅淅沥沥下着冷冷的冬雨，不时传来几声叽叽喳喳的"鸟儿问答"，我想：这一天什么都不去关心了，就把它留给《诗路跋涉》吧！我就一页一页地翻阅，一行一行地重读，又把木斧先生几乎所有的著作、来信搬出来对照、印证，好像是在木斧先生的家里，跟他一句一句地对话一样，随意、亲切而有味。

木斧，从人到诗，到小说，到散文，到字，到戏，到画，永远都有他自己鲜明的、特异的风格。朴拙，简洁，硬朗，可又常常令人产生遐想，不知道下一回他那宝葫芦里还会有些什么宝贝跳出来。这时候的木斧，会给人一些神秘的感觉。犹如一棵沉默的老树，一块沉默的山石，一潭沉默的秋水，虽然无语，然而神秘一样。

有一次，他作为巴金研究论著的编辑，与老诗人辛笛一道去看望巴金，巴金问这位早就与他通信的"编辑"："你除了编书，还写点什么？"辛笛替他回答："他写得多啊！是写诗的，笔名木斧。"

这个故事就出自这本《诗路跋涉》中的《忆辛笛》，是事隔十几年之后才由木斧讲出来的。你看他多么沉得住气！而辛笛一句"他写得多啊"，不也透露出木斧那含而不露的一面吗？

除了辛笛、巴金，在"诗人诗事"这一辑中，木斧还披露了他与儿童文学前辈作家严文井、诗人刘岚山、诗人公刘、诗人与学者吴奔星等人的交往，在"附录"中，又辑录了若干诗人、学者写给他的有关诗歌的通信。由这些回忆和书信，既可以感受汉语新诗的作者和评论家们在诗里诗外的音容笑貌，也可以印证木斧对前辈诗人和同辈诗友的厚意浓情。每一代诗人都有属于自己的几十年，当他们渐渐从时代的星空陨落之后，后人或许只能从他们同代人的追忆中想象他们生命的美丽。从这样的角度出发，我倒是希望木斧先生多写一些这样的回忆录。

此外，在我的印象中，诗人木斧又常常以他评论编辑的眼光去评诗论人，早已出版过《诗的求索》《文苑絮语》《揭开诗的面纱》等几部诗歌评论集，这一回，我又在他二○○二年写给诗人绿原的信中找到了这部《诗路跋涉》的出版动力。他跟绿原谈到一份特殊的心情，说："过去有好些人说七月诗派不讲求技巧，我没有把自己摆进去，就不发言，现在我管不了那么多，管你摆进去摆不进去我都要讲，诗要真情，没有真情你玩什么技巧？诗的内涵和表现形式是一致的，是浑然一体的，是不可分割的，要分开来讲也行，我归纳了十种技法，但都不可离开诗的内容。还有个时代性与个性的问题，不可对立，否认时代否认社会性哪来的个性？总而言之，我还得出一本诗论集，把我要说的话抖出来……"

不错，在他这些大多写于新世纪的诗学随想中，他的确是在点点滴滴地表达着他执拗而又有所变化的诗歌观，不少说法既体现了他对新诗的新思考，又折射出一个大的时代对诗歌文学社会功能的共同期待。不用说，这些观点与年青一代对诗的看法已经有了相当大的距离，不可同日而语了。但是这种距离只是一个方面，是此时代与彼时代必然会有的差异，另一方面，作为人类精神文化载体的诗歌，毕竟又有超越于具体时代的共同的人性基础和艺术基础。比如木斧在评赏台湾诗人文晓村的诗集《九卷一百首》时所言："诗是有品德的，诗品是人品在艺术世界的反映。"又比如，他评论另一位台湾诗人涂静怡的诗集《紫色香囊》时说："涂静怡的愁，实际上是对他人的爱，咽下去的是泪水，取来的是糖果。"还有，他介绍第三位台湾诗人台客的《与石有约》时讲到小说与诗的不同，突然冒出一句"诗的最大的形象就是诗人自己"。这一些感悟，带着木斧自己的体温，其实也是诗歌超越于任何时代的永恒基础。

与自己的经历、性格、气质相关，木斧一再强调诗情的"真实"而厌恶、摒斥"虚伪"，他把自己认同的诗风提炼为"晶滢"二字。根据他在《我喜欢晶滢的诗》中的表述，我理解这种"晶滢"就是真情加洗练，这符合木斧诗歌创作的实践。不过，老年的木斧，对诗艺的探索一直怀有热情，他似乎也在不断地调整自己、丰富自己。有时这种探索也得益于与理论家的交往，比如在《该修饰时且修饰》《谈谈诗的直抒胸臆》和《关于新诗诗路的反思》诸篇中，他就对自己的诗观在有所坚持的同时又有所"改变"。由美学家王朝闻关于"写诗意味着做诗，做诗不都是玩着文字游戏"的一段话，他甚至由片面强调"诗的自然流露"而提出了"诗是悟出来的"的新观点。

"悟"，是古往今来所有先贤从混沌走向澄明的必然路径，是一个真正的人摆脱蒙昧、赢得智慧，从而完成自我的必要条件。"悟以往之不谏，知来者之可追。实迷途其未远，觉今是而昨非。"东晋时代的陶渊明早就将这种觉悟表达到了至境，成为中国诗人最可宝贵的精神传统。想到这一点，我似乎找到了这部《诗路跋涉》之所以命名为"跋涉"的深厚的精神渊源。

木斧先生最近在信中提到："戏画，我已收刀捡褂，回到诗路上来了。年事已高，生命短促，不可一心二用了。"这么说，对于诗人的木斧，我仍然可以期待看到更多的奇迹。

我想，他的所有年老的、年轻的朋友们，一定都会怀着同样的期待，等着他的新作问世。二〇〇八年开始了，这部新著似乎就是一朵报春的蜡梅呢!

　　冷雨还在滴答,鸟儿还在问答,天色慢慢转暗,一天快要过完。

　　我的短文写到这里,也该收尾了。

　　那么,就让它为木斧先生的这部《诗路跋涉》做一回"马前卒"吧!

二○○八年一月二十日,杭州朝晖楼

木斧与《自画像》

年前，收到诗人寄来的《木斧论》，题签颇为别致："子张，你在55号房/木斧/2014. 元月。"我当即在新浪微博发布"报道"，用一句话回顾一九八六年陪同木斧登泰山的往事，用另一句话补充他的题签。因为除了"55号房"，实则还有132号房，《木斧论》收了我两篇文章，分别在五十五页和一百三十二页。

实则关于木斧，我前前后后所写文章，犹不止两篇，只不过这两篇较为正规，篇幅也较长而已。记得还写过一篇书评，讨论他的长篇小说《十个女人的故事》。我以为小说写作是作为诗人的木斧不太为人所知的另一面，我的记忆中，他甚至还写过童话。可见真要讨论木斧，话题还多得是。

　　新学期，又收到诗人元月六号的一封短信，因为寒假缘故，迟至最近才得以读到。原来去年年底，北京老诗人屠岸有信给他，信中提及木斧二〇一三年十月十二日在成都市劳动人民文化宫演出京剧《龙凤呈祥》剧照，称赞木斧："你以八十三岁高龄出演乔福，真了不起！"接下来又一句："演员兼诗人，诗人兼演员，这在中外演剧史和诗歌史上，恐怕都是独一无二的！"

　　木斧的短信就从屠岸的感叹而来，他抄来一首三行近作《自画像》，诗曰：

　　　　把含蓄的诗和明朗的戏

　　　　折叠在一起了

　　　　那便是我的画像

　　的确，这首诗"没有注释是看不懂的"，但是，又该怎样为这首诗加注呢？

　　八十年代初识木斧，他年过花甲，是风头正健的中年诗人。往前，其诗龄可以上溯到四十年代；往后，他始终对诗钟情。前前后后，从事诗歌写作总有七十年了吧？因为写评论，我对其诗读的稍多，后来看到他的小说，大吃一惊。但直到进入新世纪，我才又知道他的戏曲人物画画得精彩、传神，有一回，在北京吕剑住的老年公寓，我看到墙上悬挂着木斧的一幅画，十分写意。可我万万没想到，这些戏曲人物画竟然来自他自己的表演生涯。看了他寄给我的一张舞台表演 VCD，我真是惊呆了！在我印象中，木斧是个倔强、沉默的人，嘴巴总是闭着的时候居多，想不到在京剧舞台上，他竟然善于扮演插科打诨的喜剧人物，这让我百思不得其解。无奈我终是个京剧盲，分不清他演的究竟是哪个角色，只觉得其扮相幽默可爱，颇能传达出人物身上蕴藏的民间智慧，很有喜剧效果。说实话，这和他的诗完全是不同的另一番境界。

木斧也有感慨："写诗和演戏，几乎是风马牛不相及的事。我的诗友中，没有一个是会演戏的；我的戏友中，没有一个是会写诗的。所以我活得很自在又很无奈。"

我突然想到，也许只有元代的关汉卿们才会有这样风雅、坦荡、率性的生活吧？或者，在晚清的李叔同那里也还存留着一些遗风吧？他不是在扶桑国发起成立春柳社，出演过风姿绰约的茶花女么？可惜呀，到了一切要么"革命化"、要么"现代化"的当代，那令人沉醉的艺术古风似乎皆已一去不复返了……

诗人而兼画家、演员，是古风，抑或是今天最难得的一种风雅，木斧先生一身得兼，令我羡慕万分，令我可望而不可即。

二〇一三年三月十三日，杭州德胜颐园客房

刘纳三书

刘纳是属于新时期一代的现代文学学者。和大多数这个时期的青年学者一样，刘纳是在六十年代大学毕业之后经过"文革"，当了十年中学语文教师，才又走上较为纯粹的治学之路的。一个偶然的契机（"五四"运动五十周年）使她把自己的学术起点定位在当时正趋于活跃的"五四"新文学研究这个重要课题上。围绕这一课题，她在八十年代初期先后撰写了《"五四"小说创作方法的发展》等多篇学术论文。一九八七年春，这些论文结集为《论"五四"新文学》被收入"新人文论"丛书，由浙江文艺出版社出版。这套丛书在当时曾以其坚劲的学术锐气在学术界引起热烈反响。

而刘纳的论文则以丰富鲜见的史料和真挚清雅的文笔引人

入胜。选题、感悟、叙述皆有新异之处，又常在不经意间流露着女性学者独具魅力的妙悟。她通过对初期新文学作品中"童心"美的考察，认为当时新文学前驱们对"童心"的追求"不但与渴望新生活的时代气氛相一致，而且，它反映着新的审美理想"。她比较研究文学研究会和创造社两个作家群的异同，注重他们与传统民族精神的联系，又从朱自清对传统文学的概括受到启发，从而较深入地阐述了新文学与传统文化之间深刻的传承关系。在作为附录收入此书的《辛亥革命时期至"五四"时期我国文学的变革》一文中，她比较早地把学术研究的视野扩展到新文学与晚清文学、辛亥革命文学的内在关联上。在看到辛亥革命时期文学改良进步性的同时又特别指出了它"遗落了个性解放"的重大缺陷。

刘纳由"五四"新文学向"近代"文学所作的学术延伸很快结出了新的果实。一部更具有个人风格的学术文集《颠踬窄路行》在一九九五年由作家出版社出版了。

《颠踬窄路行》是"莱曼女性文化书系"的第一本，也是以考察"世纪初""女性的处境与写作"的有关"女性文化"的一部著作。此书不但标志着刘纳学术重心向近代文学的延伸，而且也标志着她开始对于"女性文化"的垂青。在书中，刘纳沉痛地讲述着一个个有关近代女性的不幸故事。在作者笔下，无论是死于那个年代的女性，还是生于那个年代的女性，都使人感觉到性别这一天然枷锁的沉重。作者的叙述依然富有激情，她在为冰心感到"幸运"的同时又不得不沉痛地指出："大多数出生在一九〇〇年的中国女性，还是要沿着母亲的路走过自己的一生。"通过对胡适母亲冯顺弟生平的考察，她看到了"典型的过渡时代的母子关系：以母亲的牺牲开始，却以儿子的牺牲告终"。而那年代的女性写作则"公共性远远压倒了私人性"，因而"在当时的诗坛完全不具重要性"。她描述着"失去了纯真"的女性诗歌，又沉痛地揭示辛亥革命成功后对于女性的排斥："激进男性呼唤苏菲亚不过是革命那非常阶段的权宜策略。"而当她写到以冰心、庐隐、凌叔华、陈衡哲、苏雪林一代"写作的娜拉"的时候，则情不自禁地击节称赏："她们特别地属于自己的时代。"

《颠踬窄路行》更像是一部有着亲切散文风格的学术随笔，作者仍然以丰富鲜见的史料和真挚清雅的文笔见长，而又时时流露智慧和情感。刘纳是把学术活动与人生探求融为一体来进行的，她思考历史女性的命运和写作，实际上，也是对现实女性生存与权益的追问。因而，阅读本书，常常不自觉地陷入对当代女性状况的焦虑与思索。刘纳在《后记》中表示："本书的写作给作者留下的竟是许多困惑。"对于读者而言，可能更多的则是沉思。

最近，在某期《名人传记》上，又读到刘纳为近代女词人吕碧城写的传记，我由此推想她仍在把"近代女性文化"这一学术课题向纵深推进，并发挥自己所长探索传记文学的创作。随后不久，即读到了由她主编并撰写总序的"清末民初文人丛书"首辑十本，每本以作家姓名为书名，内容包括"评传"和"作品选"两部分。这套书出版于二十世纪末当代人文知识分子对"清末民初文人"以及自身文化命运产生空前思考热情的背景下，显然具有特殊的借鉴意义。在刘纳看来，处在"清末民初"那样一个特定的"政治大变局"和"文化大变局"时期，作为拥有强烈"民族情结"和"文人使命"意识、试图在"新"与"旧"之间作出"选择"的末代文人，无论是激进还是保守，其宿命般的"局限"都是无法摆脱的。这种"局限"可以表述为："对于生活和写作在清末民初的那一代文人来说，面对危如累卵的国势，他们不得不执着于民族处境与民族文化的独特性，这会影响他们对人类整体命运更深沉的关切，也妨碍了他们的才情得到更充分的实现。"

作为这套书的一位作者，刘纳选择了陈三立和吕碧城两个题目。

在整个二十世纪，陈三立无论在政坛还是在文坛都已不具重要性。相反，当"文学革命"兴起时，他是被胡适指斥为"古人的钞胥奴婢"而遭到白眼的。在后来的"文学史"中也只能被无情地归入"腐朽的拟古主义与形式主义的诗派"之中（游国恩等著《中国文学史》，人民文学出版社，一九七九年版）。因此，刘纳将其评传题为《最后一位古典诗人》，似乎也顺理成章。但是这篇评传的意义并不仅仅在于描述了陈三立这位"末代诗人"的尴尬处境，同时在于将其置于中国诗史的大背景下加以考察，从而回答了文学史上一个长期令人困惑的问题，即保守派文人之所以趋于保守的历史原因和个性原因。在刘纳看来，散原老人并非无才，也并非不想"存己"，只是生活在两千年古典诗歌传统的营养液中，在惯性力量的控制下，个人的才情无论多么巨大，最终都不能不受到"熟烂形式"的

"挤压"。一方面要"不失其己",另一方面又不得不"入唐宋之堂奥";一方面写诗已成习惯,另一方面又要"避熟避俗"力求"新警";加之孤傲苦冷的暮年心境和文化怀旧心理,这就势必形成"末代文人"不得不置身其中而无法解脱的一座坚固的诗歌城堡。或如刘纳所概括的:"他以避俗避熟作为抵制因袭性的途径,而'新警'到了头,便成晦涩生硬,甚至一望而知是故意做成的晦涩生硬。"因而"可怜的散原老人生不逢时,只能无奈地在古人布下的地雷阵般的意象圈里转来转去,只能为衰老的中国古典诗歌作一个悲酸苦涩的收束"。最后,当他们失去一切可能时,也就自然而然地把"诗"作为"精神避难所,并以其作为挽回传统文化沉沦厄运的最后希望之所在"。

　　较之陈三立,吕碧城则似乎既有生不逢时的一面,又有生逢其时的一面。生不逢时,是其作为"词史殿军"所遇到的与陈三立相同的创作窘境;生逢其时,是她作为"特异女性"在女权意识初萌的时代硬是给自己开辟了一条辉煌的生命之路。在《吕碧城》一书中,刘纳细腻地梳理着这位更具有近代特点的杰出女性所创造的奇迹,同时精微地探究着她生命深处执着的意念、闪烁的梦境和无奈的惋叹与惆怅。同是一代女杰,吕碧城有异于秋瑾的民族情结与男装意识,而抱持更具兼容性的世界主义和更具主体性的女性本色。"女人爱美而富情感,性秉坤灵,亦何羡乎阳德?"这真是极具个性的声音。正因为如此,吕碧城逃离舅父而复逃离职位,漫游天下而以保护动物为最后依归,无不显示其奇人奇性、特立独行之个性,从而"显示出时代主流以外的另一样新女性风采"。而作为"千年词史的殿军",吕碧城尽管在治"旧"文学的学者圈内享有盛誉,尽管她自己又是"那时代最聪明、最具才情的文学女性",尽管她还要"理直气壮的抒写女性性情","但是,这太难了。中国词早已形成完整严密的系统,它的句法规则与音律限制造就了其他文体形式不可替代的表达功能。在定型化的表达方式及其所对应的情感现象之间,早就建立起了密不可分的、甚至固定的联系。不唯吕碧城,她的前辈与同辈词人,谁也没有能力改变这一坚固的联系。吕碧城所能做的,只是对普泛性经验的有限度反抗。于是,与她的同代词人一样,师法梦窗词成为无奈中的有奈"。吕碧城只能为旧的文学时代殿军,而不能为新的文学时代开拓,是其历史命运的局限使然,非个性才情之制约。

从八十年代初期到九十年代末,刘纳以治新文学起步,复回首向世纪初文学追溯,其学术成果当然决不止本文所涉及的四部著作。然仅就笔者所能看到的这几本书而言,我以为已充分地显示出研究者鲜明的学术个性。独辟蹊径的学术选题,广博丰厚的史料积累,真挚细腻的感悟和考辨,由文本而灵魂的深入追问,与清俊洒脱的描述互为表里的盎然充盈的激情,无不彰显魅力,引人入胜。在新时期出现的一代新文学学者中,刘纳或许并不属于以种种先锋姿态赢得显赫的那类人物,但是否显赫并非判断价值的主要依据。如果把学术活动同时也看作生命存在的一种方式,则这种活动是否具有鲜明的个性依托似乎更为重要。因为人非机械,更非以统计和考据为使命的学术电脑，真正的学者与批评家在从事研究和实施批评时，无一不是呼应着个我与对象既各自独立又高度融汇的灵魂的。从语言抵达心灵，以个性礼遇个性，原是一个从事人文学术研究工作的学者应当具备的素质，这种素质也并不妨碍理性和严谨。刘纳的著述，就给予我这样的启示。

　　刘纳的学术视野或许还将不断扩大，其学术风格或许还会有新的发展。而作为一个在其著述中受过恩惠的后学，我由衷地祝祷刘纳先生有更丰硕的学术与创作成果，并盼望读到她更多的好文章。

　　　　　　　　　　　　　　一九九八—二〇〇〇，海岳书屋

　　（《颠踬窄路行》，刘纳著，作家出版社，一九九五年版；《陈三立》，刘纳编著，中国文史出版社，一九九八年版；《吕碧城》，刘纳编著，中国文史出版社，一九九八年版）

《莫洛集》：是幸运，有遗憾

　　年初元月十八日，赴约温图"籀园讲坛"讨论《唐湜与"九叶诗派"》。这个下午到场听众并不多，好在几位老朋友来捧场，又有唐湜亲属，以及工大的几位学友，讲座算是勉强应付下来。可因为准备得过于"庄重"了些，一是时间不知不觉拉长了，两个半小时，实在犯忌；二是如友人事后提示，偏于"学理化"了一点。本来，面向一般读者，能够让大家熟悉一下唐湜就够了，记住他的名字就算成功，而我想到的是：既然是到唐湜故乡"还愿"，面对唐湜亲属和生前友人，不准备得充分一点怎么可以呢？结果遂致"上不着天、下不着地"之状，苦哉！

　　不过前后在温三天，在与诸友饭前饭后聊天时，还是听到了不少关于唐湜、莫洛的逸事，可谓不虚此行。

比如莫洛，我先前一直没怎么留意其著述，因为手头并没有他的书，又觉得他毕竟离我远一些，缺乏一点关联度，如此就隔膜下来。前两年，注意到新浪博客马小予的一篇博文，介绍他爷爷的一本旧著《陨落的星辰》，由此想起温州本地学者方韶毅也有篇文章介绍这本书，且这本书中的一篇文章还与我的山东老乡吴伯箫有关，于是突然感觉，莫洛离我近了。

这次由唐湜，礼阳兄几次提及莫洛，其中一次是说莫洛比唐湜幸运的一点，即他的文集得以精装出版，原因就是家人的用心和朋友的帮助。家人用心，是说莫洛有两个好儿子。当初"文革"中，莫洛在浙大受难，无法承受，几欲自杀，那个叫大康的儿子放下自己的事情，前来陪侍，日夜小心，终免不测。这次文集出版，正如马大康《编后记》所云："收在《莫洛集》中的作品，是母亲和我们兄弟姐妹共同搜集、扫描、打印的。"朋友帮助，指的是莫洛友人赶在离任之前，示意其亲属尽快编选《莫洛集》，并最终将该书纳入"近现代温州学人书系"，由温州文化研究工程项目资助出版。硬面精装，厚厚两大卷，岳麓书社，二〇一二年十二月一版一印，一千一百套。实则从"学人书系"角度考量，莫洛未必比唐湜更切题，这里，就不止是切题不切题，而是一个有缘无缘的问题了。

礼阳与我议到这部文集，还提供了另外一些信息，比如家人编辑时似一度有替古人修改某些内容的设想，终又作罢。这当然是明智之举，礼阳兄则云，倘是作者自己修改，那也无话，后人修改，断无道理。我同意，还想补充一点，作者自己最好也不要乱改，要改一定要交代、注释明白，切不要内容改了，落款还是原来的落款，最易误导读者。唐湜"文革"时期的《幻美之旅》可能存在这个问题，他自己在另一篇文章中谈及该诗后来的修改，可修改时间却没有落下来。

这套《莫洛集》，上卷收入其散文诗集《生命树》《梦的摇篮》《大爱者的祝福》《生命的歌没有年纪》《闯入者之歌》，以及"集外散文诗""寓言辑存"，共七百三十一页；下卷收入诗集《叛乱的法西斯》《渡运河》《风雨三月》《我的歌朝人间飞翔》《莫洛短诗选》，以及"集外诗存""散文辑存"，还有传记史料集《陨落的星辰》《鲁迅逝世五十周年纪念》、"史料拾遗""附录"（年表）等。一些未入集的教科书等也有"存目"，便于查询。对于莫洛这位主要创作现代诗和散文诗的温州籍诗人来说，有这样两大卷精装文集存世，应该说实至名归、足够欣慰了。

《莫洛集》有没有遗憾呢？以我粗略的翻阅，还是发现一处。《陨落的星辰》一书，曾经记载了战时（一九三七——一九四八）十二年间"死难的文化工作者"，应该说是一本相当有意义的传记文献，自然由于条件所限，所记人物死讯并非篇篇准确，散文家吴伯箫的死讯即为讹传。结果这次编入文集，编者有"附记"说明："因讹传，原书曾有'吴伯萧'条目，现删去。"窃以为，当初虽系讹传，而今已无辟谣的必要，倒是莫洛此文已成为历史文献，产生了新的阅读意义，何妨留给后人当一则文坛佳话看呢？莫洛原文"吴伯萧"系"吴伯箫"之误写，或可以借新出版机会加个注释说明，可惜没有。这真是该改的没改，不该删的反而删了。

友人良好也在自助餐时补充道，唐湜曾在"九叶"诗友面前力争将莫洛列入"九叶"而未果，因为在有的诗友看来，莫洛更倾向于"七月"而非"九叶"。如果此话属实，我以为自有道理。不过，或许在美学和组织的意义上，说这两个新诗群体互有交叉与融合更符合实际情况吧？

二〇一四年一月二十六日，杭州午山

诗人之"穷"与"阔"

一

　　就个人身世而言，郭沫若无疑是二十世纪以诗人知名之国人中最为显达的一位了。官至国家最高权力机构副职，身居京城什刹海深宅大院，在那个特定的历史时期，其薪俸和稿酬试看哪一位当代诗人能够望其项背？自然，人们也许会说，位置不过是"荣誉性"的，薪俸也并非得自"诗人"身份，况且此老人身经"内乱"之苦，连丧两子，晚年似乎也并不十分快乐。但无论是不是"真正的诗人"，能够偶有所吟，即可以借助权威媒体广为流布，人人争相传诵，且稿酬滚滚，毕竟属于前无古人（恐怕也后无来者）之诗坛盛事吧？尤其是，考虑到与郭沫若同时代的大多数诗人坎坷困顿的遭遇，其幸运和光荣真是堪称奇迹。

不过此为后话。上溯到四五十年前，当郭沫若还是一个大学生诗人的时候，倒也真正品尝过"贫困"的滋味，并且为此还留下另一段诗坛"佳话"。

二十世纪初期的中国留学生，虽大多有"官费"可以领取，但也仅能供一人读书所需，若想以此养家乃至致富就近于奢望了。而郭沫若那时则不但因与女护士"安娜"相爱而结婚并养育子女，又与朋友们酝酿着集资筹办文学社团，由此也就不断地陷入"经济拮据"。追求理想从来都要付出代价，郭沫若也只好第一次"别妇抛雏"，到国内寻求出路。不曾想三个月过去，当他带着在上海泰东书局"受赠"的一百块钱加一只可值"四十三块袁头"的金镯重返日本时，见到"妻儿被家主驱逐"而新居"家徒四壁"，这一落魄景象不禁令诗人"泪浪滔滔"，因而产生了《泪浪》一诗。又不意诗作发表后，竟引出国内另一位诗人徐志摩的讥讽。徐在杂记《坏诗，假诗，形似诗》中评论说："固然做诗的人，多少不免感情作用，诗人的眼泪比女人的眼泪更不值钱，但每次流泪至少总得有个相当的缘由，踹死了一个蚂蚁，也不失为一个伤心的理由。现在我们这位诗人回到他三月前的故寓，这三月内并不曾经过重大变迁，他就使感情强烈，就使眼泪'富余'，也何至于像海浪一样的滔滔而来！"因此得出结论，说郭沫若"形容失实"。这不点名的讥讽顿时搅起轩然大波，郭的朋友成仿吾竟为此给徐志摩写了一封"绝交信"。

"绝交信"虽然并未真正导致绝交，但此后两人之间毕竟多了一层隔膜，有来往而无合作。直到徐志摩空难死后多年，郭沫若撰写回忆录《创造十年》时提到此事，依旧悻悻不已，难以释怀。

其实，当时身为"阔少"的徐志摩哪里会理解"穷留学生"郭沫若百感交集的心境。不错，若论家世，四川郭家和浙江徐家同为富商，两人小时候都没经历鲁迅那种家道中衰的困苦，但比较而言，徐家所给予独子志摩的宠爱可能远远超过郭家给予沫若的。况且，郭沫若因与安娜结婚，等于和老家的"原配夫人"分手，为避免难堪，也就基本上和老家保持着距离，经济上已不好伸手。再以郭沫若在日本留学时的情况来说，当时在"'成金风（Narikin，日语暴发户）'吹煽着的时候，日本的企业家自然是遇着了名实相符的黄金时代，一切的无产阶级和中小商人倒也还没有梦想到失业和破产的危险。在这时候最受着打击的是没有营业本领的中产人家和没有劳力出卖的知识阶级"。此时郭沫若已在东京帝国大学读书，每月领取的官费由四十八圆增加到七十二圆，而他要负担的除了学杂费，还有一家三人的吃喝和每月的房租，因此为了节省开支，他应成仿吾之请，与他们同租一处房屋，夫人安娜担当起这一门的"家政妇"，郭自己则成为"听差"，倒也其乐融融。及至后来第二个儿子出生，境况更为窘迫。一九二三年，大学毕业的郭沫若带着妻儿回上海谋生，实际上没有理想而稳定的职业，主要就是靠创作和翻译。以他自己的说法，是"过着奴隶加讨口子的生活"，"连坐电车的车费都时常打着饥荒"。他此时写的自传体小说《漂流三部曲》即是这种贫困生活的写照。实在无法，妻子不得不带着孩子（包括回国后出生的第三个儿子）返回日本。穷，使得这位惠特曼式的诗人越发愤世嫉俗，也越来越走向"左倾"，《我看见那资本杀人》《金钱的魔力》，就从题目上看，也能想象诗人那一腔悲愤。

二

在美国哥伦比亚大学攻读过经济学硕士的徐志摩，其实何尝不晓得"金钱的魔力"？就在他撰文讥讽郭沫若不久，应邀到天津南开大学讲"文学"，课余和友人谈到"是否以文学为业"的话题，徐志摩摇着头感慨："太难，太难！文学是只好作为副业的。"

不过说归说，徐志摩最终不也放弃了早年欲做中国"汉密尔顿"的梦想而走上了文学这条窄路？只是凭着雄厚的家业而始终左右逢源，始终也不曾困顿到郭沫若、朱湘那种穷愁乃至潦倒的地步罢了。因为"阔"，他不但结交了一大批高朋，又能够投资置办报刊书店；因为"阔"，他也就为另一些朋友所疏远，所看不惯。徐志摩与胡适等人先是搞"聚餐会"，接着组织"俱乐部"，这自然是一批自由知识分子寻求说话空间的表示，但"有舒服的沙发躺，有可口的饭菜吃，有相当的书报看"毕竟只是"有钱有闲"阶层能够摆得出的姿态。同是新月诗人的闻一多和朱湘，皆对这种奢华的贵族做派表示反感，朱湘曾在志摩家里吃过一回早点，摆得高高的绸衣和各式各样的早餐饺子给他留下的印象，使他不得不远离志摩。

在和陆小曼结婚前，徐志摩往来于京沪之间，甚至再度出国漫游，基本上没有正式的工作，而竟能过着奢靡的生活，不能不感谢他那身为富商的父亲徐申如。但在和小曼结婚时，父亲因对这桩婚姻不满，一反常态要志摩自己筹集婚资，婚后父亲分家产也没有偏袒志摩，他的个人生活因与陆小曼结婚而开始出现变化。为了弥补亏空，也为了满足小曼的挥霍，徐志摩开始发挥他经济学硕士的专长，开书店，办杂志，又同时在南方的光华大学、东吴大学、大厦大学任教，死前的半年则又就任北京大学英文系教授，还在女子大学兼课。

据说这是徐志摩最艰困的一段时期，所谓艰困，除了感情上对陆小曼的失望，也包括经济上的拮据。读志摩书信，不时可以看到这位浪漫诗人频频发出的满腹牢骚。抱怨陆小曼的贪吃："你一天就是吃，从起身到上床，到合眼，就是吃。也许你想芒果或是想外国白果倒要比想老爷更亲热更急。老爷是一只牛，他的唯一用处是做工赚钱。"感叹金钱"可恶"："第二是钱的问题，我是焦急得睡不着。现在第一盼望节前发薪，但即节前有，寄到上海，定在节后。而二百六十元期转眼即到，家用开出支票，连两个月房钱亦在三百元以上，节还不算。我不知如何弥补得来？借钱又无处开口。我这里也有些书钱、车钱、赏钱，少不了一百元。真的踌躇极了。本想有外快来帮助，不幸目前无一事成功，一切飘在云中，如何是好？钱是真可恶，来时不易，去时太易。我自阳历三月起，自用不算，路费等等不算，单就付银行及你的家用，已有二千零五十元。节上如再寄四百五十元，正合二千五百元，而到六月底还只有四个月，如连公债果能抵得四百元，那就有三千元光景，按五百元一月，应该尽有付余，但内中不幸又夹有债项。你上节的三百元，我这节的二百六十元，就去了五百六十元，结果拮据得手足维艰。此后又已与老家说绝，缓急无可通融。"这里不妨引用一点资料，看看徐志摩这位"阔太太"之大手大脚：

> 陆小曼租了一幢，每月租金银洋一百元左右，我们是寒伧人家，这个数目可以维持我们大半月的开支了。
>
> 陆小曼派头不小，出入有私人轿车……她家里用人众多，有司机、厨师、男仆，还有几个贴身丫头……陆小曼挥霍无度，想买什么就买什么，不顾家里需不需要，不问价格贵不贵。（王映霞《陆小曼——浪漫孤寂人生》）

为了开辟财源，浪漫诗人甚至替人做房屋买卖的中人以换取些许资金。生命中的最后一段时间，徐志摩在上海北平之间飞来飞去，似乎潇洒得很，殊不知因为"穷"，坐的都是"不花钱"的飞机。他给陆小曼写信："至于回去问题，我哪天都可以走，我也极想回去看看你。但问题在这笔旅费怎样的报销，谁替我会钞，我是穷得寸步难移；再要开窟窿，简直不了。"

最后诗人死于空难——"不花钱"的邮政小飞机的空难。

不过说句公道话，徐志摩的"穷"实在是"阔"中之

"穷"，即便是这段最"穷"的日子，他每月收入也在五六百元左右，差不多相当于现在的两万元人民币，他怎么能算上"穷"呢？而据李大钊引用的资料，二十年代所得"较高"的上海下层劳工"平均计之，苦力月得十五元，人力车夫月得八元"。

在那个年代，写诗本身自然不能挣大钱，无名诗人出诗集也往往要自费。但像徐志摩这样的留学生，高级而稀有的知识分子，只要有人聘请，课有得讲，书有得译，收入也还是丰厚得让大多数人羡慕的。闻一多尽管不能适应胡适、徐志摩等人的贵族化"沙龙"气氛，但他自己却还是不折不扣的贵族一分子。他在回国后几个大学分别担任系主任和教授，过的日子是富裕的、优雅的、诗意的。至于抗战时期辗转西南联大"穷"得刻图章卖钱，实在是战争背景造成的特殊待遇，那是后话。

三

新月诗人当中，真正比较"穷"的是朱湘，而比较富有的除了志摩，还有一个邵洵美。

朱湘出身其实并不寒酸，父亲朱延熙进士及第，一直是京城或外放的官僚，母亲更是出身名门巨族。因此尽管幼年失怙，但在兄长的照管下，朱湘也依然顺利走过了考取清华和留学美国的人生旅程。朱湘之穷，始于清华，那时因与长兄有隔，经济上不肯求之，学费大半有赖于二嫂薛琪英提供，故常常一日三餐"尽啃馒头"。即使这样，毕业时还欠了高等科食堂的饭费和裁缝的工费，最后由同学好友罗念生"担保付还"。

在美留学时虽每月有八十元生活津贴，但一方面要从牙缝里节省出二三十元寄回国内供应妻儿，另一方面转学到芝加哥后开销增大，已经无处俭省，有时连照一张照片的十几块钱都拿不出，逼得爱面子的诗人只好离群索居。

朱湘之"穷"，又来自他的孤傲性情。本来，回国后在安徽大学担任外文系主任，每月有三百块钱，如能妥善安排并维持一点"人际关系"，稳定的生活应当能够有所保障。然而因为对安大的失望，因为与新任文学院长的不睦，他最终失去了安大的教职。此后的朱湘，陷入最深的绝望，北平、武汉、上海，似乎都不欢迎他，到处让他吃闭门羹。因为无钱买船票，被人查出来当众受辱，船到上海，上岸找朋友赵景深借钱，才算赎回了自己的行李。

诗人在饥饿中写下的诗句令人动容：

> 朱湘，你是不是拿性命当玩
> 这么绝食了两天，只吞水，气，
> 弄得头痛，心怔忡，口里发酸；
> 还是有大题目当前，像甘地
> 那么绝食七十天，为了印度，
> ……
> 你的目标究竟是什么呢，讲！

孤傲的诗人，绝望的诗人，最后时刻的诗人，向二嫂借了最后的二十元钱，上船离开上海。第二天凌晨船近南京，诗人纵身跃入长江……

　　另一位新月派的邵洵美作为诗人，如今也许已被淡忘，但在二十世纪三十年代却也足够显赫。其祖父曾是清朝上海最高地方官，"斜桥邵家"名声赫赫，传遍上海滩。父亲虽然不争气，但到了邵洵美，家当也还是"瘦死的骆驼比马大"，因此留学英国剑桥，对他来说也算不得什么大事。回国后的邵洵美，生活经历倒与徐志摩颇多相似之处，只是相对而言，邵洵美似乎比徐志摩更加财大气粗一些。他创办金屋书店，出版《时代》杂志，在徐志摩的新月书店办不下去的时候，竟敢于拿出大笔钱买下来经营。再后来，林语堂的《论语》，新创刊的《十日谈》，也都由他来作发行人。到三十年代中期，他已经成了一位成功而且著名的出版家了。

　　但是天有不测风云，谁会想到大上海解放，这位抗战时积极宣传抗日，上海陷落后犹能保持大节的富豪诗人反而蒙冤入狱，最后贫病交迫而孤寂地死于"文革"之难中呢？他和郭沫若的命运，说来正是南辕北辙。

　　看来，作为一种精神诉求，写诗并不一定富有，穷诗人阔诗人皆可以写出不同凡响的诗。然而作为诗人，其穷其阔倒真是关系着其世俗生活的质量，有时甚至影响到他的身家性命。但何以穷，何以阔，似乎又难以预料，家世、机遇、爱情、婚姻，以及个性气质，似乎都能导致一个诗人由阔而穷，或者由穷变阔。但是，似乎还有一种更大的力量，冥冥之中决定着诗人甚或一切人的命运，在这个力量面前，人，特别是个体的人，永远是弱小的、微不足道的。

——比如时代。

那裹挟着血雨腥风、呼啸着枪林弹雨的时代，那天翻地覆、改朝换代的时代……

最后引用百岁老人章克标为《邵洵美传》写的一段话结束此文："大少爷要挥霍结交，非钱不行；办出版事业、开书店当然需要资本，而且未必一定会赚钱，赔了本时，还得把钱补充、追加进去；做诗人似乎可以不要钱了，古时贫苦而闻名天下的诗人很多，但现代社会，做诗人要结社集会，要出刊物，印集子，参加各种社会活动，到处都得化钱。所以钱是最为必须的一种基础，基本的根基，有了钱才可以各方面有展布。"

说来说去，似乎又回到了"钱"上。

二〇〇五年三月十六日，杭州急就

卷二

失而复得的冰心遗札

九十年代最初几年，曾与冰心先生有过一段书信联系，但这些信件和题字后来却不知存哪儿了。前几年翻箱倒柜，遍觅不见，几近无望。我以为可能是从山东移家到杭州的过程中遗失了，不想近日在办公室整理课程档案，忽见一个写着"冰心资料"的纸袋，顺手拿出来翻捡，不意竟突然重新看到了这几个寄自"中央民族学院"的信封，也找到了里面的信笺和当时请冰心老人题写的书名手迹，一时兴奋不已。

虽然自己从八十年代即开始为中文系的学生讲授现代文学，也在编选冰心作品时写过"自学提示"这类文字，可若是说到与冰心交往，则几乎还是不敢想象。因在我心目中，叶圣陶、冰心这些新文学奠基者几如泰山北斗，我一个二十几岁的小后生哪有资格去高攀？这种心理，倒也不见得是自卑，大半还是出于对前辈的"敬畏"之感吧！内心里是尊重而不想去打扰、添乱。

到了八十年代末，几位同事起意编选现代文学家写泰山的散文，也把我叫去一起讨论。此后，大家分头于报刊上搜寻，我自己更在散文之外，同时留意着与泰山有关的现代诗歌作品，仓廪渐渐丰润起来。有一次大家碰头，商议可否请位名家为这部散文选写个书名，我遂自告奋勇，主动承担起这个不见得容易完成的任务来。而我之所以愿意做这件事，其实是因为在编选过程中发现了冰心、冯骥才与泰山的某些关联，特别是冰心对山东的一种相当特别的"乡情"，这让我确信如果请他们两位出面支持应该是有充分理由的。就是得不到任何回应，也该鼓起勇气尝试一下。抱着推己及人的心理，我预感只要把事情做得得体、有分寸，希望还是很大的。

果然，两封信发出不久，就先后收到北京、天津的回信。冯骥才先生个子高，用的信封、写的字也都大，容当后叙，这里先说冰心老人。

第一次收到、看到冰心先生的手迹，心里的激动无从言表，感觉像一个神话在不经意间就实现了。虽然这封信并未附言，而只有一帧漂亮的书名题签，可自己还是快活得不得了。冰心先生照我拟定的书名，写了"泰山现代诗卷"六个墨笔字，底下是"冰心题"三字，另钤"冰心"阳文篆刻印章。字是纤秀中藏劲健，与朱文印刻彼此呼应，真乃绝品！一张16cm×11cm的宣纸对折，中间夹着一张日历牌，以免印泥漫潓开来，可见老一代文人的细心处。信封就是白纸红字的中央民族学院普通信封，上面是蓝色圆珠笔写的收信地址、收信人，而寄信人则为"北京 中央民族学院 谢寄"，邮戳时间是1991．11．15．22。如今这帧题字被我放在一个木质相框中单独存放，不在"遗失"之列。

一度找不到而疑似"遗失"的是随后几次来往信件。大概是冰心的题字焕发了我的热情，我遂根据当时掌握的材料写了一篇《冰心的泰山梦》，作为我的"泰山随笔"之一，寄给了《山东地质矿产报》，编辑友人用相当醒目的形式排印发表了。收到样报，我当即剪下一份寄给冰心先生，结果不久就又得到老人家的一封回函，话说得客气而又亲切，告诉我："来示及剪报均拜读，您在我身上贴金了，十分感谢"，又加一句问候："北京已冷，山东如何？望珍摄！"落款"冰心，十一，四，一九九二"。《山东地质矿产报》的朋友得知此事，来信表示希望让我请老人为他们的"山泉"副刊题写刊头，这使我有点犹豫，似有"得寸进尺"之嫌，觉得不妥，可到底不愿驳朋友的面子，还是鼓足勇气写信向老人家提出了要求。

我自从事新文学教学和研究以来，一直存有与研究对象直接对话的热情和设想，那时我的关注重心在新诗，故联系较多的是"七月派"和"九叶派"的几位诗人，以及山东籍的文学家。而对于叶圣老、冰心，虽说更愿意建立联络，可一想到他们的高龄，总觉得以不打扰为好，这是作为一个文学晚辈很自然就会有的心态吧！又想请益，又怕不恭，总之是比较矛盾的那种心境。

可前辈到底是前辈，做人做事总有特别的仁爱、大度之处，令我等于斯文扫地年代中长大的后生远远不及。就在我怀着忐忑责备自己有些过分的时候，冰心先生还是亲笔写了信封，像第一次一样将写在一张对折宣纸上的题词寄来了。而且，这回她没有完全按拟定的格式写，在"山泉"之外又加了"清冽"二字，成了相当完整、又意蕴丰润的一句话："清冽山泉 为山东地矿报副刊题 冰心 十二、十四、一九九二。"

那么，在这样的喜出望外之际，自己该做点什么回报老人家呢？想来想去，还是觉得写文章最好。恰好这时候《学报》要编一期中学语文教学的专刊，向我约写给中学生看的普及性短文，我就重读《寄小读者》，写了篇三千字的导读，又结合冰心近作《我梦中的小翠鸟》和《"孝"字怎么写？》，写了篇《冰心先生的两篇近作》拿去发表。到了寒假，我决定到北京看望几位文学前辈，也争取到中央民族学院拜访谢先生。

关于这次拜访的经过，我已经另文写过，此处从略。只说自京返鲁，写了这篇访问记后，就以《"山东是我灵魂上的故乡"——访冰心老人》为题刊载于《大众日报》副刊上，编辑还配上了我拍的冰心近照一帧，标题套了红，十分好看。不用说，我也剪下来给老人寄了去，希望能让老人家开心。

到了一九九四年寒假，春节临近，却又接到北京诗刊社的通知，告知我的一首诗新获"人民保险杯"全国诗歌大奖赛三等奖，要我赴京参加在人民大会堂举行的颁奖典礼。我就打算趁此机会，再一次到京看望先生。这回，我给老人带了一小桶泰山枣花蜜，老人见了，连说谢谢，还解释说："我喜欢蜂蜜，每天都用蜂蜜配牛奶喝，枣花蜜比较甜……"她问我这次来京有何事，我说写的诗获了奖，她又问："什么诗?"我说："是写李广田'文革'中被迫害致死的，题目叫《莲死于池》，获了三等奖。"又提出打算出本诗集，请她题个书名，老人家听了，高兴地说："好!你回去把诗集寄给我看看，我给你写。"

其实，那段时间我还仿写了两首汉语十四行，一写冰心，一写巴金，写冰心的题作《意志的风景》，写巴金的是《手杖》，后来一齐刊发于《光明日报》副刊"原上草"。从北京回来后，我就把这两首诗连同写李广田的《莲死于池》寄给了老人家。三月初，我就接到了另一封寄自中央民族学院谢宅的来信，不过，这次的信封换成了航空普通信封，信封上的字也不是冰心亲笔，信封里一张对折普通白纸字条，字条的一端仍然是老人家亲笔写的七个毛笔字："子张诗集 冰心题"，钤印的还是那枚阳文篆刻章……

可是，就在收到这帧题字不久，便得知冰心老人因病住进了北京医院，且自此就长期住院治疗，直到近五年后以九十九岁高龄辞世。一九九八年十月四日，我打电话到中央民族学院冰心家中，祝福老人的九九华诞，顺便询问老人家健康状况，接电话的吴青教授告诉我："母亲身体还好，头脑也很清楚，只是吃饭比较困难，只能用鼻饲。"听了这话，我心里一阵难过。

关于冰心，还有不少话要说，要写，然此文作为一则随笔，大概已把冰心遗札这件事交代得差不多了，就此收束吧。浅薄的议论也不想抒发，只赞成一位已故诗人的警句，道是：

虔诚的阅读才是深沉的纪念……

二〇一五年十一月十四日，杭州午山

"冰心纪念馆"

　　某年暑期，我到烟台东郊的前七夼参加一个新学科讲习班，发现这一带虽离市区较远，但却依山面海，风景独好。尤其是山坡果园里一种奇异的水果——夼梨，给人印象极深。这种梨子，色近浅黄，其状如茄，果肉绵软爽口，仿佛比那久负盛名的莱阳梨更有味道。

　　后来我又知道，这前七夼附近同样依山傍海，同样盛产夼梨的金沟寨村，就是冰心先生记忆中的"芝罘东山"，就是她童年时代听海的地方。

　　一九〇四年，年仅四岁的福建小姑娘谢婉莹随父亲从上海来到烟台海滨，一待就是七年，在这里度过了令她难以忘怀的童年时代。若干年之后，冰心深情地回忆："我从小是个孤寂的孩子，住在芝罘东山的海边上……整年整月所看见的，只是青郁的山，无边的海，蓝衣的水兵，灰白的军舰。所听到的，只是：山风，海涛，嘹亮的号角，清晨深夜的喇叭。"就是这种有点单调，有点孤寂的环境，培养了冰心对大海以及大海所代表的空阔、浑然境界的钟爱，并且使她形成了敏于观察、善于沉思的个性。在这里，冰心跟着母亲识字，听父亲讲中国海军的悲壮故事，她还结识了不少可爱的烟台老乡，偷偷地学写《落草山英雄传》这类章回体小说……

由烟台的大海、兵舰，年轻的蓝水兵和豪爽、忠恳、质朴的老乡，以及富有齐鲁文化内涵的典籍，冰心也潜隐地形成了一种"激越豪放、大刀阔斧"的山东人胸襟。她曾在《寄小读者》中表示："山东是我灵魂上的故乡。我只喜欢忠恳的山东人，听那生怯的山东话。"

冰心在烟台的这段生活使烟台人感到骄傲，冰心也始终与烟台以及整个山东保持着精神上的联系。几年前，听说金沟寨村民到北京拜望了冰心老人，他们不但给老人带去了金沟寨的大杂梨，还表示他们正准备在金沟寨建一个"冰心纪念馆"。这个设想勾起了冰心对烟台的深情回忆，叮嘱客人要建纪念馆，一不要占用乡亲们的房屋，二要建得小小的，因为她在烟台时就是小小的年纪。

金沟寨人的这个设想真令人感到高兴。我想，纪念馆对冰心本人固然有纪念意义，对烟台的文化建设来说又何尝不是重要的一笔？同时，这也会给所有的山东人提供一个了解冰心、了解胶东、了解齐鲁文化的好地方。

从这个意义上说，如果"冰心纪念馆"能够建成，其文化价值当不亚于烟台山、毓璜顶或蓬莱阁。

我盼望着烟台芝罘东山金沟寨村的"冰心纪念馆"早日建成。那时，我将期待着再去烟台，在小小的、朴素的"冰心纪念馆"旁边，倾听大海的涛声，俯瞰海鸟的滑翔，想象冰心老人生前动人的笑容……

一九九四年十月旧稿，一九九九年三月七日修订

玉桃园拜望吕剑、赵宗珏小记

　　二十六日上午，我去西直门玉桃园社区的银龄老年公寓拜望吕剑和赵宗珏先生。

　　他们原先住车公庄大街和展览路交叉口附近的外文局宿舍，二〇〇六年底入住这所西城区办的老年公寓，位置在西内大街北草厂胡同南口，离他们原先的住处也不远。

　　顺便说一句，一九四九年年初，吕剑正是从西直门随军进入北平城的。当年十月，他关于大军进城的通讯报告集《十月北京城》出版，这应该是中华人民共和国成立后最早的出版物之一。

　　上次来这里是二〇一〇年年初的春节期间，距现在已四年有半，我担心进入九十六岁的剑翁会认不出我了。因为每次打电话，总是宗珏先生接听，有时也讲到剑翁的情况，说是不怎么写字了。而我，也许是过分担忧吧，总会把情况想得更糟糕一些：不管怎么说，毕竟是九十六岁的老人家了呀！

若干年前，我曾在山东济南淘到一册吕剑的《诗歌初集》，是吕剑早期诗作的第一个选本，故曰"初集"。此集由作家出版社一九五四年一版一印，如今虽属珍品，却一直没想到请作者题字留念。这次我把它带上了，奢望吕剑还能为之执笔签名。但也只是奢望，实则心里一点把握也没有。

过去到老年公寓，记得大厅很空旷，这次却看到满满当当的。初还以为临时被什么东西挤占了，走的时候从另一方向出来，才发现大厅中间被搞成了图书室，一圈高高的书橱，加上桌椅电脑，可不就满满当当了。

从大厅右侧穿过，西头窗户朝南的十七号就是二老所住的房间。敲开门，保姆小马招呼我进去，斜躺在南侧床上的宗珏先生忙坐起来，一边笑着招呼，一边过来迎接。步态较过去慢一些，但样子没怎么变。红底黑纹的衬衣，皮肤还是白里透红，显得很精神。剑翁则坐在北侧床边，见我进来，也放下手里正剥着的半根香蕉。我赶忙过去握住他的手，见他只盯着我看，没说话，还以为他真认不出我了。没想到他放开我的手，却转身去拿过床边的《吕剑诗抄》，打开它，现出书里夹着的我写给他的信，然后又示意要纸笔，小马赶快拿过纸、笔和眼镜递给剑翁。这时候，只见老人家慢慢戴上眼镜，把纸片铺在膝盖上，用水笔一笔一笔写出了我的名字，然后另起一行又写了五个字"最好的朋友"。

这一刻，我真高兴，剑翁也笑了，伸开双臂拥抱我，这还是我熟悉的吕剑先生呵！过去每次见面，都是这样热情地先拥抱一下的。

我拿出刚出版的小书《清谷书荫》给他看，第一篇《九十翁的诗文别集》就是写吕剑的。我告诉他书名是他的好朋友邵燕祥题写的，他似乎很满意，朝着我竖起了大拇指。看到他听力尚可，只是讲话不方便，我自顾说了不少想说的话，他也总有回应，有一句我是听清了，是说"老了，话也说不清了"。

这样，我就又拿出了那本纸页早已泛黄的《诗歌初集》，他看见现出很惊讶的样子，一边翻看一边说着什么，大概是说这么多年了，怎么还会买到这样的书啊？

开始时，他摆摆手表示不想签名了，旁边的宗珏先生就声援我："你试一试，就签个名字。"又叫小马把吕剑搀扶到小圆桌边坐下，替他拿过笔和印章。于是，剑翁再次拿起笔写起来。让我感到意外的是，他并未简单地签名了事，而是先写出了我的笔名，在我还没反应过来时，后面的字已写出来了，原来是："子张于杭州购得，可喜可贺。"这才又在下一行署上"吕剑"二字，接着选了两个印章，一个是"吕剑"，一个是"一剑"，盖上，这才完事。

这真出乎我的意料，简直就像个小小的奇迹！这可不是我过于矫情，因为在我印象中，从我三十年前与他结交，七十岁前后的吕剑就好像常在"病中"。事实上，进入九十年代后，他也的确经常出入医院，我有两次就是在积水潭医院见他的。自然，常在"病中"，也许不过就是寻常的老年病，

如他于旧体诗《半分园偶成》所咏"闭户养微疴"。然而于
我，电话里、书信里得到的往往总是"负面"的消息居多，
加之九十六岁的高龄，四年半不曾谋面，我就不能不常常悬
着一颗心，当然也为他眼前的"非凡表现"拍案称奇。他还
用手指在小圆桌上写出"九十七""九十一"的字样给我看，
可不是，吕剑已过了九十五周岁的生日，进入了九十六岁之
年，按农历，真的是九十七了。宗珏先生生于一九二四年，
虚岁九十一，也是事实。

　　怕他们太累，我要离开，剑翁拉着我的手不放，嘴里喃
喃说着："不走，不走！"听到老伴儿跟他解释："他推我出
去走走"，这才放开我。我推着轮椅出来，陪宗珏先生在外
面小花园里走了两圈。她指给我看中间水池里的金鱼，说自
己每天都还推着轮椅出来看看，一再说这个公寓环境和服务
不错，比在自己家里好。到了公寓门口，她要看着我出门，
我只好把轮椅停下，跟老人道别，一边挥手一边离开，心里
真是依依不舍。

　　近十多年来，作为诗人的吕剑虽已淡出所谓"诗坛"，却
为《开卷》《书友》《芳草地》等民间读书报刊的编者、作者推
重，成为读书人十分尊重的老前辈，不少书友以前往拜访、请
其签名题字为荣耀。剑翁也乐于做一个民间读书人，常常把他
一些意味绵长的短文给这些报刊发表。董宁文还为他出了三本
书：《双剑集》《燕石集》和《吕剑诗文别集》，我三十年前的
老学生张期鹏君还专门编著了一本《吕剑书影录》介绍他的著
述。诗人之道不孤，这是令人欣慰的。

下午，在现代文学馆参加"开卷闲书坊"的首发和座谈活动，巧遇《芳草地》的执行主编谭宗远大兄，他还专门问我去看吕剑了没有？我说上午刚刚去过，宗远大兄热情地说："好呵，文章写出来发给我！"

谨以此文告慰所有关心吕剑先生的书友。

二〇一四年十月五日，杭州午山

惜别剑翁

才得欢聚，今又长别。

这是自确认剑翁元月二日辞世以来一直盘旋于内心的怅惜之感。

因为从去年九月二十六日玉桃园一见，到今年新年的第二日，刚刚只有三个月又七天。三个月前的温馨画面犹在眼前，三个月后却一下子阴阳两隔，让我如何不深感痛惜和惆怅？所以在朋友们或以微博、或以短信微信却又不十分确定地提示我时，我的第一反应竟是反问、犹疑，也就不难理解了。

拨通老年公寓的电话，保姆小马一听是我，立时就把电话交给宗珏先生，而宗珏先生告诉我的，已经是不容置疑又不得不平静接受的既成事实：是的，是在积水潭医院重症监护室，差不多两个月，已去告别过，骨灰暂存八宝山，《文艺报》已联系好发讣告，不想告诉你，不想搞追悼活动了，现在已平静下来，转告朋友们不要到北京……

因为职业，也许更是因为某种特别的心境，我和不少朋友一样，长期以来乐于跟自己尊敬的一些文学老人交往。事实上，我也的确有不少谈得来、往来多的"老朋友"。但若说交往时间最久、情缘最为深厚，不能不说是吕剑先生。从一九八四年初第一次接到他的回信，到二○一四年九月二十六日最后一次和他见面，这种交往已持续了三十一年。一九八五年春节大年初二，我第一次到位于车公庄大街的半分园作客，吕剑六十六岁，我才不到二十四岁，我们中间有着四十多年的时间差，真是大跨度的忘年交。以一年通信十次估算，三十年下来也总有四五百通来往函件，我猜想就我们二人的写信史来说，彼此可能都是写信最多的通信对象。在二○一○年通话时，宗珏先生告诉我，吕剑当时只给我一个人写信。去年九月二十六日上午到老年公寓，吕剑一见到我，口不能言，只能转过身去拿起床边的《吕剑诗抄》，打开书，给我看书中夹着的我写给他的一封信，又在保姆帮助下颤巍巍写下"张欣：最好的朋友"几个字给我看。这至少表明，直到生命的最后一段时间，老人家犹在认同我这个忘年交，我所谓"老朋友"的说法也不能算是无从认证的一面之词吧。

我还想在此提一下剑翁写给我的两首小诗。一首是新诗，题《赠子张》，写于一九九八年之春，秋季又有改动。当时我还在泰安，故诗人开头由"泰山"起兴，还提到了我当时的书斋"海岳书屋"。接着诗人畅想自己也回到泰山，"先去一探人间"，"再去一登天界"，还要"灯下品茗""对床纵议""把酒畅谈"，真是情怀炽热、意兴盎然。另一首《寄子张》则为旧体，五言四句小诗："岱下有子张，妙手为文章。岂止文章著，诗篇亦芬芳。"记得剑翁随信寄给我看，教我十分羞愧，心想：我哪有这份才情呵？自然也就从不敢示人。现在想起来，我还是觉得自己受之有愧，但作为两人情谊的记录看，那是很让人心里感觉温暖的。两首赠诗都收入剑翁的诗集，新体的收在作家版的《吕剑诗抄》，旧体的则收入一剑阁印制的《半分园吟草》中。

实际上，我也有赠诗写给剑翁。还是在初识吕剑的八十年代，我就写过一首新诗《剑行》给他，写了他青年时期走上抗日救亡之路的壮举，此诗由桑恒昌先生发表在《黄河诗报》一九八八年某期上。九十年代，我一个人骑自行车到他的家乡——莱芜城北三十余里的林家庄探访，受到吕剑三弟一家的热情接待，他的侄子还陪我到"北岭"上看满山的庄稼。这次林家庄之行，我有一文一诗，文乃《探访诗人吕剑的故乡》，诗则题名为《一个小山村》，前者获得莱芜市举办的吴伯箫散文大奖赛二等奖，后者发表于北京的《诗刊》。进入新世纪的二〇〇八年吕剑九十华诞前夕，我又写了一首旧体的七言八句小诗，作为献给诗人的一份薄薄的"寿礼"。诗曰：

投缘民主科学年，壮阔波澜海纳川。

匕首图穷歌易水，诗篇情挚讨烽烟。

长驱万里共和梦，流放几春涿鹿滩？

世纪风云转眼逝，小园独立看秋山。

　　诗当然一般，可对剑翁跌宕起伏一生的宏观描述或许并无大谬吧？

　　我在学诗的初期明显受到剑翁一些作品的影响，同时我对他的认识也是在这种仔细揣摩其诗歌艺术过程中不断深化的。对吕剑，我谈不上研究，我只是他的一个小同乡，一个忘年的故交，我做了一些我该做的事情，但这只是友情的副产品，跟一切世俗的功利诉求无关。

　　宁文兄希望我写点什么，但我一时不知道说什么好。于是我拿出吕剑写给我的数百通来信，想慢慢把它们输入电脑，借此也重温与先生的交往。忽然，从九十年代一封信中，看到夹在信中的一张书法小品"尽在不言中"，钤的是"汶水原白"的阴文印章。"汶水"者，吕剑故乡之大汶河也，"原白"者，吕剑之号也。然更触动我的还是"尽在不言中"五个字，我在想，是什么让这隔着四十多年时差的两个诗爱者能这么平平静静保持着如此美好的关系呢？我不知吕剑怎么看我，如从我的角度看他，我以为这五个字的背后无非就是"默契"二字。老人家宽以待我，我对老人家自应谦恭守礼，该怎样就怎样。山东人有言："与朋友谋而不忠乎？"吕剑也有句："吾亦齐鲁人，百代思同气。"剑翁夫人宗珏先生电话里对我说，我对你就像对我儿子一样。

　　要说，话总说不完；不说，一切也都在那儿。在家里，与父母兄弟是如此；在江湖，与朋友同仁亦复如此。

　　默契，难得。

　　　　二〇一五年元月八日，剑翁辞世第六日，杭州午山

一次跨年的对话

小　引

近几日，沉浸于剑翁辞世的怅然若失之感中，不能自已。南京宁文兄嘱写悼文，却不知从何写起。昨日在家，检点自一九八四年一月十九日以来吕剑写给我的来信，勾起数不清的陈年记忆。遂拍了几封信的照片挂到新浪微博，不想宗远先生看了留言，认为我可以着手编选吕剑书信集。不错，剑翁写信甚勤，仅写给我的少说也有两三百通，加之他写给叶圣陶、俞平伯、艾青、孙犁、邵燕祥这些老友和晚年写给年轻书友的信，怕是数千通都不止。

不经意间，我又发现存入电脑的我与剑翁在二〇〇九年末和二〇一〇年头的一次通信，其中写到一些有趣的话题。我遂想起，那年与上海子善先生聊天时，他托我请吕剑为他的书斋题写斋名，我就在写给他的信中提到此事。不料剑翁对子善先生有印象，故回信中表示"我能办到"，且在这四个字下面画了线，以示肯定。所以我就给子善先生发短信，告诉他这些情况，并请他直接给吕剑写信。此外，通信中还谈到我在《诗刊》找到的他"下放"河北涿鹿期间发表的两首诗，这是吕剑自变身为"右派"之后首度公开发表诗作，可能也算一种命运好转的"政治待遇"吧？又谈到欲协助吕微编选《吕剑研究》一事。

兹将此次"跨年的对话"整理出来刊布，并借此机会征求朋友们对编选吕剑书信的看法，如此事可行，也请朋友们提供通信资料，或提供线索，子张不胜感激。

二〇一五年一月八日，剑翁辞世第六日

子张如晤：

又是一年。新春就要到了，让我们祝福您们新年大吉，百事俱兴。

十一月十七日、十二月一日两信俱早收到，一切尽悉。只是我拖延的时间太久了，非常抱歉。

您今年不来京正好。目前甲流肆虐，还是不宜外出，家居为宜。并留意全家安全。

前信寄来《九十翁吕剑诗文别集》两份，怕我看不清，又复印来了一份，具见您对朋友的体贴、细心。大作写得既有见地，又有情趣，十分可爱。此件可否寄请宁文一阅？

希望您的《新诗与新诗学》早日问世！！

陈子善兄我知道，南京"开卷文丛·第三辑"中，收有他的一部《探幽途中》，不知寄您否？此书很有见地，颇有水平。关于写字事，稍缓如何？我能办到。

我先是腰痛，继之又腿痛，宗珏提出："烤烤电如何？"烤了烤电，果然都好了（只是腿部还有点），务请放心。

看大著《吕剑年表》，在《别集》二百六十二页有句："《诗刊》5月号刊发民歌体诗作《塞上春色》二首，《编囤条》与《栽篱笆》。"我一点印象也没有了，您那里还有这份资料吗？又，请复印寄我《才得双剑 又见燕石》（此文，别集中南京未用。后文，我找不到了。）《小园独立看秋山》各一份如何？我打算协助吕微编一集《吕剑研究》，您有关文章全部收入。以为如何？

专此，顺颂

大安！

吕剑 宗珏   二〇〇九年十二月二十六日

剑翁安吉：

新年已过了二十多天，总算把期末杂事忙完了。寒假自前天开始，今天是第三天。给您写信。

元旦那天与赵先生通电话，知道您又住院，十分牵挂。不知近期情况如何？从保健角度考虑，在医院多住几天，有医生护士照看亦是好事，倒不必急于出院。

随后收到您十二月二十六日一信，满满一大张。赵先生电话里说，您现在只给我一个人写信，令我感觉温暖。您近年的信，字小了一点，其他都如以往，不大像九十多岁老人家所写。

您答应为子善先生写幅字，表示"我能办到"，太让人高兴了。我想告诉子善先生，他也一定很高兴的。我先代他谢谢您！您还记得他的《探幽途中》，且认为"此书很有见地，颇有水平"，我也要转告他。只可惜我没有收存这部书，看书名，内容应该与他神奇的访书经历有关。前段时间我曾向陈先生讨得一册其新著《看张及其他》，其中关于张爱玲的资料不少，杭州《青年时报》有我一个学生为他办了个读者品书活动，我也参加了，诵读了这本书的"楔子"。

承询大作《栽篱笆》发表于《诗刊》一事，我印象深刻。是过去翻阅当年《诗刊》时发现的，与《编围条》一起刊载于《诗刊》一九六一年五月号，应该是您在涿鹿劳动时写的。可惜抄件我暂时打包，预备年后搬家，等找到当寄上。

随信附上《才得双剑 又见燕石》《小园独立看秋山》打印件各一份。前文曾见载《开卷》及杭州《都市快报》，后文刊于去年第一期《芳草地》。

编选一集《吕剑研究》，我认为很有意义。本来我是有撰写《吕剑评传》计划的，但忙来忙去，迄无结果，实在抱愧。目前如能以现有资料先编一集《吕剑研究》亦好，我当尽力。另外，《吕剑文集》似乎也可以着手编起来，两卷或者三卷应无问题。

乞剑翁一酌。

写到这里，窗前的阳光照进来了。

祝您和赵先生

永葆青春！

子张　二〇一〇年元月二十四日，十时

一位曾被忘却的诗人和他的诗

　　直到一九八一年，曾经崛起于抗战时期而又受难于漫长岁月的"七月诗派"才再一次以群体的姿态现诸中国诗坛。《白色花》选录了二十位作者的诗作，这其中，朱健是唯一的山东籍诗人。数十年来，朱健"为诗而苦恼，为诗而欢乐，为诗而受难"。然而迄今为止，他的诗与人并不为读者熟知，他曾一度被歪曲的历史遭到遗忘。

　　"你要经受得住寂寞。"——四十年前，诗人李广田曾这样鼓励朱健；四十年后，朱健将这句话写在对老师的追忆中。他侠骨柔肠，是一个为丰富这大地而来的铁汉，他的诗句充满对祖国、对人民的爱心和对自由的向往。

　　一九八六年，他的第一部诗选集出版。《骆驼和星》，一本精美的小书，收入他人生三段近百首诗作中的三十五首。

朱健写诗始于四十年代初，那时中国成为二次大战的东方战场，正处于水深火热。经过长途跋涉，他随流亡的山东联合中学到达四川，并在这里读完初中。

他后来把这两年视为"一生最幸福的际遇"之一。他不但在这里成为革命者，也是在这里与诗结缘。作为优秀的诗人和国文教员，李广田在恶劣的环境里游刃有余，将古今中外文学大师的杰作尤其是活跃于当时诗坛的艾青等人的诗介绍给他的学生，结果把朱健引上了诗的道路。

朱健最早的诗作我们已无法一睹风采，但通过《骆驼和星》中的早期诗作，我认为在四十年代初期他已无愧为一位成熟的诗人。同"七月诗派"的其他诗人一样，朱健的诗首先是时代风云的抒写，每一首诗几乎都是那个特定时代的艺术折射。但需要指出的是：朱健发表诗作主要见于《希望》，那正是《七月》的后继，因此这种折射已呈示出新的色彩。民族战争即将胜利，政治局势出现转机，民主的呼声日渐高亢。朱健无由步入抗战的队列，却秘密深濡于革命的"读书会"，猜测着"莫斯科上空第一次升起了红旗，列宁怎么抬起头来望着天空……"他辗转甘陕，在一个偏僻小县的汽车站上卖票、验票。此时他"生活上困苦，精神上荒凉"，而能够清醒地感受这些，乃是中国诗人感时伤世的情怀使然。于是，一个黑暗、郁闷、无声的奴隶国家的形象跃然于诗中，那无以复加的压抑感给读者以共鸣的机会。在这里，夜不断蔓延扩大，进而成为一张"四面八方全罩进去的黑网"，而"冬天"，而"密云期"，

"肺结核菌，成团地飞滚着"，活跃着的只是那些"天神""秃驴""垃圾的悬崖"和"臃肿而斑癫的疯狗"。这当然是一个非人世界，在这里生命只能被疯狗撕咬，任病菌侵蚀，为长夜吞没……朱健以诗人的敏感刻画出这个世界的衰朽与绝望，渲泄出一腔悲愤。

现存空间的黑暗，激发诗人去追寻人类理想永恒的幽光，与那丑恶世界相抗衡。朱健通过"我"——一个倔强的光明的追求者，预言一个幻美的诗境即将来临。在诗中，它主要是一种自然意象，如"星星""太阳"及与之相关的风、小河等，有时直接以理想的社会意象寄托，如"毛泽东""人民"等。而"我"则介乎现实黑暗与幻美诗境之间，健康、顽强、果敢，《问讯》表达出漫漫黑夜中的焦灼，《夜呵》则处处迸发出勇气和力量，《沉默》又成为对火山爆发的预言。"我"的欢乐和爱无不显示出一种男子的豪壮之气。

在朱健的早期诗中，《骆驼和星》有着突出的地位。这首长达二百二十六行的神话寓言诗的主要情节是：一、十万年前中国西北部原为一片大海，星海相恋遭天神贬谪，沧海乃成戈壁；二、一位老瞎子率众请愿反被暗害，人民将之厚葬，坟头隆起成为高原；三、人民要使沙漠重变海洋又被天神鞭挞为驼，天神之鞭则化为乌拉尔山纵贯南北；四、幸存的人与骆驼相约共存亡，并计划着跨过乌拉尔山，幸存的星星在悲泣中跌落，聚为星星峡；五、十万年后考古队伍发掘出一对刻着字的铁环（其实是老瞎子的遗物），上面是关于美好未来的预言：乌拉尔山溃倒，星返天宇，海复汪洋，驼峰化作白帆，人民幸福自由……

胡风在写给朱健的信里说："神话是照亮腐朽人生的电光"，而《骆驼和星》则是"从一个深沉的胸怀里成长起来的故事"。朱健的诗多有奇丽的想象，这首诗更是反抗权威、呼唤民主、预言未来、寄托作者社会理想的力作。诗中的老瞎子令人想起希腊神话中的普罗米修斯，他敢于触犯天条，为民请命，并从容就死，预知未来，这个形象暗示出诗人的人格理想，而全诗渲染出浓郁的神奇、悲壮的气氛。由于意象的神话化处理，诗的意义亦随之象征化了。"神话→诗→意义"之间的距离拓宽了诗的艺术空间，神奇的意象组合充满美感，这就使它既保有那个时代特定的象征内涵，又获得在未来时空产生多重意义的可能性。四十年代的诗往往是悲愤的结晶，朱健的诗当然并不例外。但如果要找出朱健的独特之处，我以为他比其他的诗人更多一些富丽的理想色彩，而且在意象的营造上也有自己的特点，除了自然意象和社会政治意象，他还善于摄取美丽的神话意象并获得成功——这可能是他有意为之，但也可能是妙手偶得。

五十年代的诗作我们尚难以窥其全貌，从《公园》《故乡》诸篇，我们却可以知道诗人在为理想社会的实现兴奋着，诗中充满童真般的欢乐。但由于诗人所感知的尚属于社会的表象，还无法进行更深沉的思考，故诗意在纯真之外显得轻浅浮露。客观上，这也是当时整个诗坛的处境使然。而控诉白人种族偏见的《在密西西比州，在美国》却闪射出灼人的灵光。

这之后是长达二十余年的沉默。一九七八年诗人再度惊蜇，一组纪游诗标志着朱健的苏醒与升华。二十年磨难并非虚度，"诗人在困难中通过自己的攀越，走到了一个新的阶段"（吕剑语）。《在临江门》表达了劫难之后爱的执着，而进入一九八一年初春，诗人则频频命笔，写出一组炫人眼目、触人心魂的诗稿——当此时，中国诗坛石破天惊，一批青年诗人正以其幻灭的悲剧促人反思，不意"噩梦"却同时出现在年近花甲的朱健笔下，《噩梦》以冷峭、奇突的比喻极写丢失自我之后的悲怆。历经一场空前浩劫，人们发现失去的绝不仅仅是几个官衔，某种虚假的荣誉和一段永难补偿的时间，还有许多比这些更重要的东西。对一种愚妄之境的疯狂追求带来了扭曲和异化，一切都失去了本来面目，这就是贫困和蒙昧的报应。《噩梦》的艺术效应令人想起挪威表现主义画师蒙克的《呼号》。

但朱健仍然富于理性，或者说，经过顿挫，他对信念反而更坚执了。在《噩梦》《雾》和《影子》之后，诗人平静下来，极写对美的向往，表示他虽然失去了过去，但决不因此再抛弃现在和将来。泪水只为昨天涌流，新的一天却明亮繁华，因此"不要在早晨哭泣"，而要用心灵的网去捕捉那些传播幻想的精灵。在《天真》中，他不无自豪地宣告："在风沙扑面的长途跋涉中，我保卫了自己泉水一样清亮的天真。"

这不禁使人追忆往事。数十年前，当这位"有紫光的肩膀，有充沛的血液"的青年启步人生的时候，李广田曾告诫他的学生：一个作家必须忠实于自己的信念，忠实于艺术，不能把艺术变成欺世媚俗的工具——那样做，一个真正伟大作家的

"艺术良心"是通不过的。

数十年后，朱健犹自坚执信念，奋然前行，正如戈壁滩上从容不迫的骆驼。他的诗名并不为更多的人所熟知，但由于他足迹的深沉有力，相信历史终不会将他忘却！

星垂平野阔，月涌大江流……

一九八八年三月六日，泰安

尚未完成的跋涉

随着谢冰心、苏雪林两位世纪老人相继过世，"五四"时期升起的文学星辰至此已经陨落殆尽，"新文学"似乎一下子变得十分苍茫、十分遥远了。

然而深长思之，又发现这种感觉其实并不真实。我们的文学写作究竟启蒙了多少劳苦大众？在多大程度上达到了"人的文学"与"平民文学"的层面？又是怎样体贴过鲜活的个性需求与伤痕累累的民族心灵？它是否感动过这个星球上那些白皮肤与黑皮肤的兄弟？一个人能活百岁是少有的高寿，而对于一个民族、一个社会来说，无论是其政治变革还是文化复兴，一百年或许只是一个辉煌的开端。任何一个不想淡忘我们民族近百年艰苦跋涉之血泪历史的人，都一定清醒地理解这一点。

不应该认为我们的民族是一个保守、懈惰、固步自封的群体，否则怎样解释千百年来那些"富贵不能淫，威武不能屈，贫贱不能移"的铁血志士？又怎样解释何以在封建帝制的重压下那些"埋头苦干的人，拼命硬干的人，为民请命的人，舍身求法的人"仍然层出不穷？在经历了两千年的苦难之后为什么会有"五四"这样一个斩钉截铁的反叛和矢志不移的追求？而且，就是在"五四"之后的八十年来，我们民族的现代化之路不仍然是坎坷起伏而又英雄辈出？尽管搬动一张桌子有时也要付出巨大的代价，但英雄们从未因此犹豫片刻、退缩半分。

说到二十世纪的中国文学，也因为"五四"而有了一个全新的起点，有了三十至四十年代和八十至九十年代两个壮丽的创作巅峰，有了鲁迅、茅盾、老舍、巴金、沈从文、张爱玲、金庸、王蒙的小说，郭沫若、闻一多、徐志摩、戴望舒、艾青、冯至、穆旦、余光中、孙静轩的诗，冰心、朱自清、周作人、梁实秋、林语堂、朱光潜、李健吾、钱锺书的随笔与曹禺的剧本。这样，我们就拥有了属于我们现代人的文学传统。

可是波澜壮阔的时代为文学的变革提供了契机，也给文学的发展设置了沟壑。启蒙与救亡的交织，革命与建设的交替，激情与理性的交错，个性与集团的冲突，以及信仰与现实、理念与实践、成就与失误之间错综复杂的矛盾纠葛，使得我们民族独立、人民解放、政治民主、经济发达、文化繁荣的现代化追求之路格外崎岖不平。在这种环境中，文学往往只能自觉而又吃力地承担起她的政治历史使命，这生命中的无法承受之重使她只好不断地牺牲自己。二十世纪我们有那么多需要表达的主题：人的文学、平民文学、民族的文学、阶级的文学，但是我们却都没有认真地、深入地、持久地挖掘下去，以至于我们这个世纪的文学既伟大而又粗糙，留下了太多的遗憾。文学需要整个生命不间断的投入，但想到鲁迅、郭沫若、茅盾、巴金、老舍、曹禺、艾青、穆旦这些在创作之路上过早"夭折"的大师，我却常常痛惜地联想起但丁《神曲》开篇的那句话："在我们人生旅程的中途……我在里面迷失了正确的道路。"

我们多么需要有世界性的文学大师和文学作品！多么需要更深刻、更细腻、更美的艺术语言来滋养我们的灵魂！可是当我们用一种开放的眼光、比较的尺度衡量我们的收获时，总觉得不够丰富，不够繁华，就如同我们的整个建设事业，从"五四"出发的新文学也仅仅处于"初级阶段"。

正是从这个意义上说，真正属于我们现代中国人的"五四文学"，还是一个有待于深入发展的课题。我们的文学家需要更努力地充实自己、完善自己，需要一个更辽阔的视野，需要一个更博大的胸怀，需要一种更自觉、更沉潜、更忘我的精神，而决不是自私、狭隘、功利与浮躁。

一句话：得"五四"真传，从现在出发。

一九九九年五月一日，海岳书屋

人在字里行间

情　怀

前得北京朱航满赠书两种，这大概是乙未年收到的最末一次赠书，而又是公历新年第一次的新书寄来。其一为所编《2015 中国随笔年选》，南方出版传媒与花城出版社二〇一六年　月新书。该书收录三十三位作者随笔，固然不能轻易结论"全年佳作尽收其中"，而作为个人编选，自有其属于个人的选择视角和特点，读者自当留意与会心，无须挑剔。余平日翻杂志的时间甚少，得此一编，眼界顿开。

另有航满先生个人新集《书与画像》，安徽教育出版社二〇一三年出书，收作者四十九篇"书与人"随笔，及孙郁、李静序文。前曾于《边缘·艺术》读过航满记诗人邵燕祥一文，沉着质实，印象殊深，此次当再仔细品读。

《劫后传薪火》一篇，由其所涉及的"学术传承"话题联想几点：一、传承方式多种多样，除"传技""传道"区别外，亦有面授、函授和亲传、隔代传等；二、我说的函授一种，包括以通信和读书方式得老一代文化人教益；三、这些传承方式揭示了表面上的文化中断背后的真相，即坚韧的文化血脉潜流始终都存在，都不会真正中断；四、我自己的经历证明此种传承关系的确可以建立，比如从大学老师那里与上一代甚至更老一代学人建立起精神关联，再比如自己由现代文学教学而有拜访冰心、施蛰存这些新文学第一第二代文学家机会，又与三四十年代更多诗人通信、认识，正是这些机缘，慢慢在我身上产生了些许民国现代文化之印痕。

此后断断续续将全书粗略浏览一过，印象殊好，屡有会心处。最好的是作者那一份温暖的情怀，对所写人事皆抱持动人的体贴心意。其实，文字之美之雅之味，并非独立于作者之外的无机存在，实乃属文写字者全人格丝丝缕缕之流露，一切动人美文，概莫能外。余读是集《幸亏还有好文字》一篇，因有此慨。

读书圈很大，读书人很多，而端端正正欲把人字写好者怕仍属少数。因为少，故珍贵，故需要我等以虔诚之心读之爱之。读《优雅的书事》一章，作者在邵燕祥先生门外等候一节，甚是动人，类似经历余亦常有，心有戚戚，幸甚至哉。丙申清明后六日整理，杭州午山。

亲　切

"扒头""雨搭""就""偎边""麻拉""炝锅""碍事""唔噜""够呛""宽绰""娘娘们们"，这些山东方言特有的语汇，是我从刘可牧先生的个人回忆录《七千里流亡》中看到的，也是我读这部书稿过程中令我时时感觉亲切的一个因素。我不止一次说过，标准化的"国语"也罢，"普通话""世界语"也罢，从被"创立"之初，就宿命般地失却了原生态语言之文化性、艺术性的成分，而只能成为一种仅具交际功能的工具性语言。这种语言，与文学、艺术、历史、文化，存在着先天性的隔膜，因而也就有着致命的缺陷，很难让阅读者产生纯粹的语言亲切感。

可牧先生的《七千里流亡》与抗战有关，可并非正面写抗战，诚如书名所云，记录的是战争背景下的流亡生活。写战时流亡，早就有林语堂小说《瞬息京华》，路翎小说《财主底儿女们》，以及穆旦的诗《出发》《原野上走路》；写山东师生的流亡，也有李广田的《流亡日记》和吴伯箫的散文《记乱离》《引咎篇》。不过，可牧先生的回忆录虽然出得迟，而规模却甚大，细节也更多，尤其所记录的从"省立一中"到"国立六中"这些山东中学师生长达三四年、漫漫七千里流亡途中所见、所做、所思、所想，构成了活生生的历史肌体，而又因了历史本身的延伸和生长，勾勒了书中人物的去向和"下落"，于参差错落中凸显出历史的有情与无情、荒诞与真实。由这种种历史细节构成的鲜活记忆，已足以使其不朽。

是什么动力驱使可牧先生于老年写完这部回忆？原来早在当初流亡安顿下来后，就曾由几位老师编辑过一部师生流亡回忆，可惜因为书稿丢失而终未面世，"填补这个缺失是父亲晚年的一大心愿，他尽了心力，应该说这部回忆录在很大程度上达成了他的愿望。"（刘庚子"代后记"）早在几年前，我就看过这部回忆录的打印稿《在风砂中挺进》，这个书名正是丢失的那部师生回忆的备用书名。

而我之重读可牧先生回忆录的感觉，仍不妨以"亲切"一词加以形容。盖于我而言，可牧先生乃为故人，他书中所记录的济南、泰安这些地方也属"故地"，他记忆中的种种人物，无论是旧时山东教育界的官员、教员，还是与可牧先生相熟悉的师友如李广田、杨竹剑、晁岱华，也都算我的"大老乡"，后二位更是与可牧先生一样为我熟悉的前辈。如果说有什么遗憾，可能就是在可牧先生生前，我没能找机会当面向他了解某些历史人物和历史背景的更多细节。

蔼然长者，鲜活史册，其人可亲，其书有味，真乃吾鲁人深人雅致者也。二〇一六年四月十二日于杭州午山。

理　性

去年，在北上南下的旅程中读完夏成绮所著《胡风与舒芜——中共五〇年代文艺界的批判运动》，对作者于《尾声》

中表达的意见很是赞同。不只是就胡风事件本身发表的看法，还包括考察、评价历史人物和历史事件的方法或态度。比如这句话："在比较宽松的环境下有人喜欢动不动就褒贬当年的知识分子的骨气，其实离开了历史背景特别是用常态下的目光去看待革命和准革命年代的事件，最容易拿捏不准……"

之所以认同这样的感慨，是因为我也越来越觉得这是一个特别需要强调的问题。"文革"结束以来的几十年，的确是一个持续拨乱反正和反思反省的年代，一些基本的正负然否问题也大致从政治角度得以解决，而涉及具体的人事却又似乎仍不清晰，甚至还有愈加复杂难辨的趋向。一方面某些历史场景亲历者在获得新的话语权之后有意无意地对历史作出了不少疑似"伪证"，另一方面又有当代媒体或自媒体出于种种功利性目的所做的无底线炒作，使得这些本来就扑朔迷离的人事纠纷愈加真假难辨。究其实，如果说在政治至上年代的冤假错案是非理性政治主导而又有效地利用了人性中的利己因素，那么在冤假错案得以平反之后仍然出现新的不公正评价则更多是人性自身的非理性因素所致。

该书正是从这一角度打量胡风冤案中的人事纠葛，特别是两个最核心的当事人胡风与舒芜之恩怨的。与早些年流行的一些说法不太一样，作者一方面提醒读者注意到"人性中不良的一面在作怪"，同时也特别指出："分析当年的问题就不要超越历史的场景，辩驳那些问题就不要再用呵斥别人的语气，也许我们静下心来，看清楚那些大时代下小人物是何等可怜，说来说去，本质上来说，都不过是别人手里的一枚棋子，都不过是期待自己有更好的境遇。"

　　这样考察、评价历史人物和历史事件的方法或态度，在我看来，就是当代极其需要的冷静、科学、超越的理性精神。冷静就是与被研究对象保持一定距离，科学就是批评的依据须建立在对人性、社会的明澈洞察上，超越就是不能被一时一地的局部性经验或道理所遮蔽。读此著，我得到这样的启示。

　　　　　　　　　　　二〇一六年四月十三日，杭州午山

"我曾经是蚕蛹……"

——吕家乡先生之"智慧书"

    在我的印象中，吕家乡老师一直是一个特别"较真"的人。在他的处事原则中，似乎从没有"世故"和"姑息"这两个概念。无论在学生论文答辩活动中，抑或在各类学术讨论会上，甚至在亲切的私交中，吕老师的"意见"总是真正意义上的"意见"，"批评"也总是真正意义上的"批评"。有一年在山东大学参加"孔孚诗歌讨论会"，会前我曾经和吕老师交流过意见，我的感觉是孔孚的"山水诗"并不纯粹，它们黏滞着密集的"社会历史情结"，吕老师也大约同意我的看法。但是在第二天开会时，我没想到吕老师竟毫无保留地说出了这番"意见"，成为那次会议一片赞美声中几乎唯一真正的"讨论"。从道理上讲，"讨论会"理所当然要"讨论"，好就是好，不好就是不好，态度应当明朗，但是大多数为个人举办的"讨论会"，事实上却差不多都开成了"捧场会"，中国人"爱面子""为尊者讳"的传统心理常常不容易摆脱，即使是知识分子，也大多难以做到"当仁不让""据理力争"。又有一次，还是在山东大学批阅高考语文试卷，天气热，时间紧，劳动强度大，各小组都在暗暗地赶进度。突然，负责"复查"的吕老师和其他几位老师"紧急叫停"，把大家召集起来，很激动而又很庄重地指出不少作文的"分数"判得极其草率、随意，表现出阅卷人极端的"不负责任"。吕老师念了几篇考生作文，又公布了阅卷人所给的分数，大家都吸口凉气，深感有些阅卷老师真是太过分了。吕老师非常严肃地讲到这张试卷对考生的重要性，希望大家设身处地为考生考虑，珍惜自己"判分"的权力，要时时面对自己的"良知"。

但是，这并不意味着吕老师无情、偏执乃至怪僻。当你看着吕老师那紧蹙的双眉，以及眉毛下从未显现过丝毫"机心"而总是流露着"诚恳"的目光时，你就能凭着直觉判断出：这是一位认真的、严肃的、真诚的前辈，一位能让你一见面就感觉到亲切、信任的学者。因为在接下来的交往中，你就会慢慢知晓他的全部为人处事的作风：他批评你，严格要求你，直率而不留余地，然而更多的时候却是关心你、呵护你，细心真诚地理解你、帮助你。他是一个"较真"却"可亲"的老人。

早在数年前，吕老师在退休之后写起了散文随笔，先是发表于各地报刊，不久就结集为《一朵喇叭花》得以出版。我感觉，就风格而言，吕老师其文、其人完全吻合，诚恳、质朴、认真，但又各具不同的表现强度。因为生活中的吕老师相对内敛，文章中的吕老师则披肝沥胆，几乎毫无保留，他似乎是在借助随笔这种形式总结自己的一生，反思这一生中自己的心灵史，而主要不是在"写散文"。

更使我吃惊的是，吕老师并不满足于《一朵喇叭花》的出版，他的总结和反思继续向纵深处推进。现在这本味道更醇厚的《温暖与悲凉》就是证明。

我说"味道更醇厚"，主要也不是指他的文笔更优美、更漂亮，构思更精巧、更严谨，修辞更讲究、更丰富，实际上他似乎并不格外看中这些，他的散文随笔更像是一种"喃喃自语"，如一条小河那样自然流动。如果说他也想告诉人们一点什么，那么他就努力在像他所尊崇的巴金那样"把心交给读者"，这样也就顺理成章地进入了"文学的最高境界是无技巧"的境界。就如他自己所说："一九九七年后，我告别讲台，集中反思几十年的人生之路。作为参照，我重读了巴金的《随想录》，又读了一些文化名人的传记材料。最震撼我的是梁漱溟、陈寅恪、顾准。对比他们，我彻底打消了原谅自己的情绪。同样是在错误路线之下，为什么他们活得那样硬朗、挺拔，我却活得这样窝囊、委琐呢？为什么他们能够坚持'独立之精神，自由之思想'，我却完全自愿放弃了独立思考呢？我想，首要原因是他们有铮铮铁骨，而我有'软骨病'，不但谈不到'敢想敢说敢做'，而且不'敢读'，不敢接触任何不够'纯正'的读物。还有一个与此相联系的原因，他们有丰富的思想资源，因此有坚强的思想支撑，能够跟错误的汹汹大潮抗衡；而我除了政治学习材料和中学语文课本及教学参考书之外，脑子里什么都一无所知，一无所有，我怎么可能离开当时的路线政策去做另外的思考呢?"在《老来方知"学而思"》《老年心境》《我曾背离知识分子的天职》《一生几多座右铭》《华夏书生又百年》等篇章中，他反复申述的就是对"迷失"时代的痛责和对"清醒"时刻的期盼。应该说，这就是吕老师老年意兴爱散文的真正原因。

自从巴金的《随想录》问世，当代知识分子就开始了一次由"忏悔"而"回归位置"的精神之旅，这应当是当代中国知识界一次意义重大的"启蒙运动"。由巴金，人们又发现了一直坚持"位置"的顾准、陈寅恪，他们的"勇气"加"智慧"成就了一种人格、一种职责，让更多经历过现代和当代历史的知识分子产生了对自我角色的自觉。但似乎又不尽然，许多知名的、曾经在不亮丽的舞台上扮演过不光荣角色的知识分子坚决"不忏悔"的姿态，也颇为让人担忧。吕老师在他的随笔中也涉及这个问题，比如在《铁凝、余秋雨及其他》中提到的周一良先生一度影响甚大的《毕竟是书生》，吕老师就认为"书生一生中的是非功过，恐怕并不能用'毕竟是书生'几个字来笼统地概括和搪塞。"其实，"毕竟是书生"这句话，如果强调的是"吾爱吾师、吾更爱真理"的"书生本色"，亦无不可；但如果以"书生"二字当遮羞布，为自己一生中的污点作掩饰，恐怕就很不可取。

有了面对"皮袍"或"布衣"下的"小"的勇气，有了对"清醒的老年"的追求，有了自己可以任意取用的"思想资源"，也就开始拥有判断是非的能力，也就不至于面对这个花哨的世界再度困惑。吕老师终于找到了自己的位置，认清了自己的属性，他把这些概括为一句诗："我曾经是蚕蛹，后来变成了蜗牛。"

我突然想到了一个词："智慧"！吕老师不是要把郑板桥的"难得糊涂"改为"难得清醒"吗？其实"清醒"的最高程度不就是"智慧"的境界吗？当然，我们常常使用"智慧"这个字眼，但究竟何谓"智慧"之真义，倒不妨查查有关词典，《辞海》的解释是："指人认识客观事物并运用知识解决实际问题的能力。集中表现在反映客观事物深刻、正确、完全的程度上和应用知识解决实际问题的速度和质量上，往往通过观察、记忆、想象、思考、判断表现出来。它是在掌握人类知识经验和从事实践活动中的，但又不等同于知识和实践。是先天素质、社会历史遗产和教育的影响以及个人努力三方面因素相互作用的产物。"

这自然是较为现代、较为理论化的语言，其实要用中国古人的语言表达，约略可以"识"或"见识"代之。"有胆有识"，历来被视为一种勇于承担责任、善于明辨是非的做人境界。

那么，对于人尤其是对于知识分子乃至于当代知识分子来说，相对于物质财富和政治权利，有什么比智慧或胆识更难得？

　　不敢说吕老师在思想解放的领域已达于至境，但意识到自己的"今是而昨非"，并力图做到"来日犹可追"，对于一位进入老年的人文知识分子来说，无论如何是可喜可贺的。这意义，其实较"中彩票""获大奖"要大得多。因为这仍然是一个物欲横流、权力本位、金钱至上的社会，面对种种诱惑，能够逼着自己"清醒"而又逼着自己"躬行"的知识分子毕竟是少而又少。想想看看我们身边的所谓"读书人"，甚至包括我们自己，究竟有多少真正达到了"智慧"的境界，更有多少能够做到"当仁不让""虽千万人吾往矣"？口是心非、指鹿为马、信口雌黄、背信弃义、认贼作父、落井下石、两面三刀、招摇撞骗、权权交易，不是也同样普遍地存在于知识分子群体之中吗？自然，知识分子首先是人，既然是人，就难免"无毛两足动物"的求生本能和生命需求，不能要求知识分子就应该既做先知、又下地狱。在尽了本分之后，理应获得理解和回报，甚至在生活中左右逢源，炒股、炒房、飙车、"跑点"，或者为求升迁走门路，为发文章托关系，也都是个人的自由。那么，这些"烦恼人生"中的无奈选择又是什么呢？是否如吕老师所言属于一种"生存智慧"呢？

　　或许在这里，我觉得自己和吕老师的看法略有不同。因为很简单，"世俗人格"（吕老师随笔中与"审美人格"相对应的概念）所需要的生存手段从本原上说不过是人类动物性的本能表现，从人类生存能力的角度说也只属于"生存策略"的层次，而"智慧"虽然并不包含道德因素，但毕竟是一种超乎"本能"和"策略"之上的、有所升华的"对事物能认识、辨析、判断处理和发明创造的能力"（据《现代汉语词典》）。吕老师在多篇文章中都提出知识分子（主要是作家）的"审美人格"与"世俗人格"之别，我觉得是很有道理的，似乎也符合现代心理学"现实原则"与"理想原则"的人格层次模式，只是将"智慧"一词用于此处似有不妥。比如《从李白的双重人格说起》中这段话："作家既然要在社会上生存，就要有一定的生存智慧，有时难免委曲求全，难免说违心的话，做违心的事。"把"委曲求全、说违心话、做违心事"与"生存智慧"等量齐观，总感觉对"智慧"的内涵有所误植。不知吕老师认同我的意见否？

然而无论如何，吕老师散文随笔中那份真情的撞击、诚恳的自责、智慧的启悟、透彻的批评，还是令我感慨不已。吕老师对历史、对知识分子、对学界腐败、对文化泡沫、对体育精神、对教育误区的认真而理性的思考与推敲，没有一篇文章是隔靴搔痒式的应酬，而是针针都刺在了时代的穴位上。这样去尽一个老年知识分子的责任，还不足以让人对知识分子这个角色充满期待吗？

卢梭在老年撰写的《一个孤独的散步者的遐想》中，提到"活到老学到老"这句名言时抒发情愫："逆境当然是一个了不起的先生，但是，他索取的学费太高，而你从中获得的收益往往得不偿失。况且，没等你从这些姗姗来迟的教训中学有所成，运用它们的时机却转眼即逝了。"尽管如此，卢梭也并没有过度忧戚，他还是继续思考着他所经过和仍在经历的一切人事。"智慧"，那是个令人憧憬的美好境界，从卢梭到巴金，都在用毕生的力量接近那境界，能够达到与否，或者并不是最重要的。

"我曾经是蚕蛹，后来变成了蜗牛。"虽然是蜗牛，毕竟是自由、鲜活、行动着的生命！

二○○五年"五一"长假中，杭州

诗前诗后说因缘

也许和我的爱好、职业有关，每次收到新一期的《诗网络》，我总是对首栏王伟明的"诗歌访谈"满怀期待地先睹为快。不知什么缘故，去年最后两期的这个栏目却暂时消失了，这令我突然觉得若有所失。直到今年第一期又看到《敢违流俗别蹊行——与邵燕祥对谈》，才仿佛吃了定心丸，恢复了对《诗网络》总体风格所形成的既定印象。

每个用心经营的期刊，都有对自己编刊风格、栏目设计、版式字号诸方面的期许和定位，久而久之，如果这种期许和定位有独到之处，自然会由编者到读者，得到认可甚至固执的认定，并成为该期刊的某种标志。就栏目而言，"五四"时期沈雁冰主编《小说月报》的"海外文坛"，二十世纪八十年代大陆《读书》杂志的"求疵录""质疑与订正""读书献疑"都曾给不同时代的读者留下过深刻的印象，盖因其栏目虽小而特色彰显。《诗网络》是个融诗、文、论、译于一体的综合性诗歌刊物，格调高雅而襟怀坦荡，诗缘广结已不止两岸三地，其开设的若干栏目、发表的若干文章往往值得品评，尤其是对著名诗人诗艺探询和对诗歌翻译艺术的注重，最具自己的特点，我希望这两个特点能一直保持下去。

王伟明的《诗人密语》所收十五篇"访谈"就是先作为《诗网络》"诗前诗后"的专栏文章发表而后结集成书的。当初在专栏里，它们是刊物的一道亮丽风景，结集成书，这些访谈成了索解当代诗人创作缘由、考释汉语现代诗艺规律和其他语种诗歌翻译机理的秘笈了。

诗歌研究，可以是对诗歌文本的解读，可以是对创作主体的理解，也可以是对诗人与作品之间复杂关系的揭示。王伟明早在十数年前就于编辑《诗双月刊》的同时开始对当代汉语诗人进行访谈了，在《诗人密语》的"代后记"《更阑夜静风雨几许》中，他曾经披露了自己撰写访谈的动机和甘苦。说到"动机"，自然不外乎"寻幽探密"，这包括对诗人自身、诗歌文本以及诗人与作品之间种种关联的追问，但王伟明特别担心的是这种"寻幽探密"很容易变成"揭隐泄私"，"因此，问题总得与作品相结合，以期追本溯源，理清脉络，尤其受访者会否受某家某派以至某论著所影响。不可否认，个人臆测不一定全对，甚至会出现误差，但不管怎样，也不应有'一行白鹭上青天'的谬误。能令受访者畅所欲言、开诚布公，这正好是这类访谈的要害，也是关键所在。"

一方面要使受访者"畅所欲言、开诚布公"，一方面则要达到"追本溯源、理清脉络"的目标，然则何以才能使采访者和受访者达成共识、获得双赢呢？这当然涉及采访者从目标遴选、方案设计、问题提出乃至具体的采访技巧之周密、慎重的安排了。而在这个完整的过程中，采访者自身的气度、涵养、眼光、学识更是直接决定着访谈成功与否以及访谈结果的质量。

我也对访谈这种形式怀有偏爱，但是迄今为止却尚未结出理想的成果。一个首要的困难就是访谈前的准备工作，核心的是问题设计，而仅此一项所耗费的时间精力就绝不次于一篇大型论文的撰写。因为问题要提到要害处，就不得不对采访对象有全面的把握，要尽可能通读受访者的所有作品、有关受访者的学术资料，你甚至要比受访者本人更了解、熟悉他。否则如何能提出有价值的问题？读《诗人密语》，通过对每一位受访者设计的各不相同的十二个问题，我能感觉到王伟明那种较"考官"更高一筹的洞察力，以及洞察力背后对采访对象的全面把握。比如大陆诗人灰娃，虽说也算是"老诗人"，但因为一些特殊的原因，诗坛内外对她都不是很熟悉，直到九十年代她才出版了诗集《山鬼故家》，包括笔者在内很多人并未读过。王伟明的十二个提问却从她的笔名问起，依次提到灰娃的"延安岁月"、进城后重返乡村、"文革"时期的"精神分裂"、诗歌创作的缘起与渊源，最后还提炼出"灰娃现象"这一概念，等于把灰娃作为一个被遮蔽的诗人形象完整地、敞亮地再现在世人面前了。我就是通过这篇"访灰娃"的长稿才第一次认识了这位颇为"另类"、而又异常"本真"的诗人的。显然，灰娃能够充分地谈自己，首先是因为有一个仿佛比她自己更了解自己的提问者精心设计了一条抵达心灵的"平安大道"。

　　无论是大陆诗人还是台港澳乃至旅外诗人，尽管各自的写作背景互有差异，然而因其共同的文化之根，大家在致力于"汉语现代诗"的创制方面则具有一致的目标。在几十年的时间内，受不同诗学传统和文化环境影响的不同诗人却都积累了丰富的创作经验，且逐步上升为各自的创作理论。虽说诗人们或多或少地通过一些文章有所总结、有所沉淀，但若是受到有心人的激励，应该会得到更加细腻、系统的梳理。王伟明的《诗人密语》以及其他一些访谈的提问，似乎就非常属意于此。在他的提问下，诗人们对诗的理解和观点真有"百家争鸣"之势，内容也涉及现代诗的方方面面。诸如诗人的修养、现代诗与中国古典诗歌传统、现代诗与欧美诗歌特别是现代派、诗与散文的关系、诗的继承与创新、诗歌中的戏剧因素以及现代诗的诗体建设等，都经由访问者和受访者的对话得到了全面的讨论。另外，他出于对现代诗如何继承与借鉴问题的特别关注，常常对两岸三地的不同诗人提出相同或者接近的问题，以求证对这一具有普遍性的问题的更多更合理的解释。比如当年台湾"现代诗"运动中"横的移植"问题与大陆"朦胧诗"时期对西方诗歌资源的青睐，他就分别向绿原、痖弦以及其他一些诗人提问过。如此一来，这本书也就成了有关中国现代诗理论建设的"焦点访谈"，因此也就有着重要的文献意义。即如今年第一期《诗网络》"与邵燕祥对谈"一篇涉及的"新诗"与传统"诗词"的话题，就极具启发性。邵燕祥引述他在一九八七年提出的一个论点："建立在现代汉语基础上的新诗和建立在古代汉语基础上的诗词，分属两个不同的审美体系。"以及在此论点基础上提出的诗词与新诗并行发展"双轨制"，的确是对数十年来在这一问题方面存在诸多争议而又终无定论局面的一个具有说服力的突破。而另一位诗人绿原在回答王伟明的提问时也说过相同的看法，而且在谈到学写诗词时也有警句："要学就一定要学到家，像新诗人聂绀弩那样，学出自己的风格来，切忌满足于相互唱和，刚争取到一个诗词学会会员资格就止步了。"

汉语现代诗的发生和发展，尽管从未脱离汉语传统诗的深层影响，但毕竟有着自己独立的诗学体系，而这个独立的诗学体系又更多地师承自近、现代欧美诗学。因此在汉语现代诗的发展过程中，为借鉴而译介或者通过译介而借鉴就成为一个极为重要的环节。最早尝试新诗的胡适之通过翻译"美国新诗人" Sara Teasdale 的 "Over the Roofs" 才初步意识到新诗的形式问题，此后几乎所有具有留学背景的诗人（包括吴宓这样的"保守派"诗人）都异乎寻常地热衷于翻译，这些翻译和他们的创作相得益彰，构成了新诗发展史上与创作、理论、批评并行不悖的另一个成果系统。故此，像积淀、总结创作经验一样注意对诗歌翻译经验、理论的总结，似乎也已成为顺理成章的诗学课题之一。王伟明拥有沟通汉英双语诗歌的深厚学养，又有长期编辑诗刊、联络海内外诗人的经验，将诗歌翻译作为访谈重要内容自然成了题中应有之意。在缺乏诗歌翻译经验的读者看来，这其实也成了王伟明诗歌访谈的另一个重要特点。应该说，王伟明的访谈对象大多数具有双语文化优势，也大多有着或多或少的翻译经验，甚至有几位（如江枫、思果）更以翻译为主业。在访谈中，他有意识地提问一些诗歌翻译的问题，有些还是很尖锐、涉及不同翻译观点的敏感问题，引发诗人和译者的积极讨论，使这些有关诗歌翻译的真知灼见水落石出，实在是一大功德。如果人们想了解当代诗歌翻译的不同理论和观点，我以为《诗人密语》（或者包括《诗人谈诗》）应该是重要的参考文本。

写到这里，我对王伟明的诗人访谈好像有了更加敞亮的感觉，甚至有了从整体上把握其意义的冲动。我突然意识到，在长达十数年的时间里，如此自觉、专注、用心于"诗人访谈"而蔚为大观的海内外学者，王伟明竟然是独立无双！其次，关于访谈的内容，抛开受访者如何回答、回答了什么不说，王伟明的"提问"就在对象、角度、内容、方式、技巧诸方面充分显示了自己的采访个性，加上真诚而又机智的提问态度，似乎可以命之以"王伟明式的提问"。最后，所有这些独具匠心而长期不懈的努力，塑造出的正是一位诗歌事业奉献者的动人形象。

也许，这就是我如此喜爱《诗人密语》以及此前此后系列"诗人访谈"的原因之一。

二〇〇六年五月十四日，杭州

儿童文学与儿童语文

问：面对越来越多高科技走入儿童生活世界的现状，您是否觉得儿童文学受到了很大的冲击？可以简单地谈一下儿童文学发展的现状吗？

答：从所处的社会文化背景看，当代儿童与儿童文学的关系所面临的问题和"人类与文学的关系"问题是一样的。比如这些年来现代大众媒体对传统文学阅读方式的冲击。当然，儿童与儿童文学的关系问题有自己的一些特殊性。主要是儿童较成人更感性，因此对视觉形象、听觉形象更敏感、更具依赖性和成瘾性，目前网络游戏、电子游戏泛滥成灾就是一例，它们的受害者主要是未成年人。

问：高科技对儿童文学的影响是显而易见的，但这种影响有好有坏。卡通、动漫乃至电子游戏都可能是对儿童文学的有益补充和提升，但是操作不当就会走向反面。文学阅读可以通过声画手段提高效率，但文学阅读本身却不应当完全被声画手段所取代。文学阅读的想象功能、言语功能、审美功能都是独特的。

答：国内儿童文学发展的状况不令人乐观，因为直到现在，我们的小读者所倾心的儿童文学作品，传统的还是安徒生、格林，当代的则是《哈利·波特》，汉语的儿童文学原创经典作品在哪里？

问：请您谈谈有关儿童文学与儿童语文教学关系的看法。（一）儿童文学是否可以提高儿童对语文学习的兴趣？（二）儿童文学在儿童期成长中的影响及作用。

答：儿童文学并不等于儿童语文，但二者关系是交叉的，儿童文学（优秀的）岂止"可以提高儿童对语文学习的兴趣"，恐怕也是儿童语文最基本的教学材料和教学内容。儿童文学对于儿童成长的审美功能、教育功能、言语功能巨大而久远，已不必多说。只是要强调：儿童文学和儿童语文毕竟不是一回事，彼此不能互相代替，因为二者的侧重点是有所不同的。

问：您觉得儿童文学如今在中小学语文教学中的地位或重视程度如何？（请主要结合语文课本的编写状况谈一谈）

答：随便打开哪一册国家统编教材或者省市所编教材，儿童文学在小学语文教材中的比例都还是基本恰当的。问题是在实际教学中对儿童文学的重视实现了没有？怎样实现的？这涉及语文教学理念、教学方法以及教师素质等问题。仅仅就教材内容谈论意义不大。

问：有些教育专家提出建议，他们希望小学语文课本由儿童文学作家、儿童文学研究家编写，而且儿童文学应该作为教材中最主要的资源。作为一个儿童文学研究者，您是否同意这种看法？在儿童文学纳入到课本中时，有什么意见或者建议？

答：我没有深入思考过儿童文学问题，但我不同意这种看法。道理很简单，小学语文并不就是儿童文学，它的基本功能也不等同于儿童文学。同样，儿童文学作家或专家也不等同于儿童教育家。儿童文学固然是小学语文教学的重要资源或教学内容之一，语文教学本身也包含审美教育、道德教育的成分，但二者仍然不是一码事。

儿童文学作品选入小学语文教材，应从儿童语文教育的角度入手。这其中必然涉及语言、修辞、审美、道德、情感、心理等内容，总之，在所有这些方面，都必须考虑儿童健康成长的需求。

二〇〇九年五月答王勤

《十八岁和其他》旁批

　　星期天，上高一的儿子给我布置了一个"作业"：阅读高一语文教材上杨子的散文《十八岁和其他》，画出自己认为精彩的句子并在旁边写出评语。

　　说真的，我还是第一次知道"杨子"这个人，自然也是第一次读他的散文。根据课文"注释"，了解到杨子原名杨选堂，生于一九二三年，广东梅州人。作品有《浸洒的花朵》《感情的花季》等。这篇《十八岁和其他》选自大陆湖南文艺出版社一九八八年版的《台湾散文精粹》。

　　这是篇书信体的散文，收信人是作者的儿子"东东"。全文四节，分别命名为"十八岁""两代人的矛盾""读书的苦乐"和"青春"。不用说，分别写的是作者对这四个话题的看法。

　　读完这篇散文，我为这位父亲的亲情与理性打动，情不自禁地画出几句最精彩的地方，用铅笔记下了我的共鸣：

　　爱是亲情的根本，父母对子女的爱永远不嫌其多。即使是宠爱，也还是比冷漠、专制、自以为是更好。

　　父子为亲，知己为友，兼有父子之亲与友情之乐的父子，自然是双倍幸福的人。作为一个父亲，谁不希求臻于这样的境界？

　　两代人的"矛盾"，缘于"爱"，基于"无知"，但只要彼此积极寻求尊重与理解，应当不难避免。

　　能清楚地透视当代教育之弊害而不是一味盲目地给子女施加压力的父亲一定是一位善解人意的父亲。

　　"整个世界填满不了十八岁男孩子的雄心与梦。"

　　写出了青春无尽的活力！

　　"人生之乐，莫过于目睹下一代的成长、茁壮。"

　　新生命是老生命的延续，看到自己的生命在孩子身上得到延伸，谁会感到不快乐呢？

　　　　　　　　　　　　　　　二〇〇六年九月二十四日，杭州

毕竟是韩寒

一

我不知自己算不算"哈韩"一族，不过我从二○○○年读过《三重门》和《零下一度》，且在某地方电台"106 图书导读"做了个《三重门》的节目之后，一直对韩寒青眼相看倒也不错。我记得有一个电视节目，这边是韩寒，那边是四个"教育专家"，大概是电视台想通过这个节目对韩寒进行"帮教"，没想到四对一，竟没把韩寒"帮教"过来，反而被韩寒噎得个个翻白眼，就差拍案而起了，弄得整个场面很紧张。我当然不至于幸灾乐祸，我只是觉得一个"教育工作者"站不到比韩寒高一点的地方看问题，连心平气和都做不到，实在有些悲哀。

我觉得每个时代都该有自己的代言人。二十世纪九十年代，中国式"高考"弊端渐显，在众多的"状元明星"之外，的确该出现一些"非状元明星"了。从这个意义上说，韩寒是应运而生。其实，"独木桥"之外，比尔·盖茨式的"非状元"成功者从来不乏其人，更不要说中国式社会主义那些众多的"低文化而高素质"的"先富起来"者了。只不过咱们总是习惯瞎起哄，"文革"时候是崇尚"大老粗"而看不起知识分子，改革开放以后是表面上"尊重知识"而骨子里"官本位"，后来又加了"向钱看"。为什么那么多人走"独木桥"？还不是为了用高学历兑换公章和人民币。

韩寒也不过是个文学"个体户"，不过他不做那些"倒买倒卖"的勾当，他是个我行我素的自由主义者。"大路朝天，各走一边"，看看韩寒新浪博客的"公告"，就知道谁是中国的"自由人"了。说实话，我不敢像韩寒那样"公告"自己"不这样不那样"，因此我就没有韩寒那样的自由。我是"城堡"里的人，是契诃夫小说里的"套中人"。

做人要做韩寒那样的人。

条件是你要有足够的智慧和影响力为时代代言。

二

七月七日钱塘郡，满城尽说《独唱团》。

其实主要的意外就是：作为文学杂志的《独唱团》与作为"社会批评窗口"的韩寒博客不对应。这原在情理之中，不过"哈韩族"存在期待误区就是了。抱着支持一下的念头，我特意跑去博库书城，结果买了两本书，作家版《灰娃的诗》和这本《独唱团》。

第二天晚上拿着这本书上了火车，一路看过去，随后在泰山的几天里，在陪护住院老父的间隙一篇一篇看完，虽说也不曾发现特别震撼的篇章，但总体风貌若以"一股韩流"形容，恐怕也还不算大谬吧？

我久不读文学杂志，不晓得现在的文学刊物都是什么面目或有什么倾向，无从比较。不过至少，它应该与"作协"系统的官办杂志有所不同，与同龄人那本《最小说》也互有参差。在放下杂志数天之后，印象犹深的倒不是它文学写作的实验性，而是那以"所有人问所有人"标志着的纪实性和社会性，小说方面我欣赏那篇"穿越"风格的《好疼的金圣叹》。不过杂志目录分栏的字体实在太小，仔细看时才发现这篇《好疼的金圣叹》是放在"散文栏"的。其实我倒是觉得，即使没有这种一般意义上的分栏也真的没什么，有些作品也很难分界，譬如放在小说栏里的《你们去州城》《幸福村》《电击敌不过催眠》《合唱》跟放在散文栏里的《绿皮火车》《秋菊男的故事》《看哪，这人》，我看无论叫作"散文"还是"小说"都无所谓。因为文体界限、内容界限、意义界限都有些趋于模糊，这当然不是作者们分不清界限，而似乎是故意模糊了这种界限。说实话，出于对文学"韩流"的期待，我对这种"界限模糊"有点喜欢。一般说，所谓散文更倾向于"写实"，无论它是"向外写"还是"向内写"，正是从这个一般意义上说，《独唱团》里的小说更接近散文，它们让我感觉到当代生活的"现在进行时"，那么真实而纯粹，就像身体上的创伤，火辣辣的疼一阵痒一阵，而竟忽略了其"叙事艺术"。借用杂志里一篇作品的说法，那就是"贴地快感"。

与此相关的还有诗歌。我翻到某页上的一张"涂鸦"照片，错以为是从旅游名胜厕所墙上拍摄的"民间文学"，一时也没领会里头的意思。这类"涂鸦"，我在灵隐寺的外墙、半山公园的山顶上以及某些厕所里看到太多了，也拍了一些照片，所以没把"这一张"另眼相看。最后翻目录时发现竟然还有一个"诗歌"专栏，专栏里唯一的一首"诗歌"竟然就是那张稚拙的"涂鸦"：

> 谁也没有看见过风，
> 不用说我和你了，
> 但是纸币在飘的时候，
> 我们知道风在算钱。

三

把一首"诗歌"看成厕所墙上的"涂鸦"，但愿作者不会生我的气。

回到《独唱团》，引用一下韩寒的"卷首语"。

我在火车上旅行的时候，《独唱团》被一个金华的大学生看到，他看了"卷首语"，告诉我："你看，这个'卷首语'排得很有意思哦，中间空出来的轮廓，不是一把小锤头吗？"还给我讲了这个做法的"出处"。

哦，一把小锤头？这是《独唱团》里唯一的"隐喻"吗？

毕竟是韩寒，他嘲讽了那些当年有过理想而后来被现实挤扁的"文学青年"，感慨说："所以说，这个世界就是这样的，男性改变世界，女性改变男性的世界观。但总有一些世界观，是傻逼呵呵地矗在那里的。无论多少的现实，多少的打击，多少的嘲讽，多少的鸽子都改变不了，我们总是要怀有理想的。写作者最快乐的事情就是让作品不像现实那样到处遗憾，阅读者最快乐的事情就是用眼睛摸一摸自己的理想。世界是这样的现实，但我们都拥有处置自己的权利，愿这个东西化为蛙纸的时候，你还能回忆起自己当年冒险的旅程。"

每个时代都有自己的代言者。八十年代的地摊上，与花花绿绿的"琼瑶""金庸""古龙"堆在一起的是钱锺书的《围城》，尽管《围城》被大大地庸俗化了，可钱氏智慧毕竟也养育了许许多多人，包括韩寒本人。如今，在特价书店的角角落落，又有了韩寒作品的各种版本，中午走过的旧书摊上也夹杂着一本盗版的《韩寒文集》，看起来这不是一件坏事呵。

生活在继续，韩寒加油！

二〇一〇年七月九至二十二日，岱下环山路

小说里的男人

说来说去，文学还是人学。希腊神话，荷马史诗，再到悲剧、喜剧，晃来晃去全是人的影子。中国人说：人镜，知得失。一部文学史，各色各样人物，虽为人造，终不脱人形，可资借鉴的镜子可谓夥矣。

想到民国时期几篇小说中的几个人物。

阿 Q，祥子，佟振保，方鸿渐。

阿 Q，江南绍兴乡下人，无父母，无家眷，无财产，"三无"。"Q"，作者说是因为说不准是"阿贵"还是"阿桂"才不得已改用英文字母指代，作者的弟弟说是象征脑袋上的小辫子，我看是两个意思：上面小辫子，下面小鸡鸡。这是个男人。

因为是男人，所以忽有一天会想到"不孝有三，无后为大"的古训，要设法找老婆了。排除小尼姑、秀才娘子之后，较合适的还是同属下等人的女佣吴妈。可惜不成功。这是阿Q三十而不立的人生憾事之一。

何以连老婆都讨不到？那是因为在乡人看来"不配"。作者虽未介绍阿Q的相貌，却提到了他头上的癞疮疤，是乡人打趣的话题，看来无魅力。其次，无家业，孤身住在土谷祠里，平日以做佣工谋生，而又好赌，涉嫌偷盗，名声不好。又因为不识时务，常遭欺辱，欺辱而不能反抗，久之遂形成"精神胜利法"，以虚幻的想象慰藉弱者的悲哀。最后，连"革命"都被剥夺资格，却又糊里糊涂被以"革命"的名义夺去了性命。

祥子，老北京乡下人，父母早逝，少年进城务工，慢慢长成一条好汉，争强，好胜，有理想。无奈社会动荡，缺乏保障，再三破产之后，终于低头认输，潦倒街头，成了失魂落魄的行尸走肉。

佟振保，上海人，出身贫寒，毕竟与时代风气不隔膜，出国门在英国学习实业，用功，勤苦，甫一毕业，即被上海外资企业聘任为工程师。眼界开阔，头脑灵活，里里外外人缘好，可谓前途无量。

事情却出在后花园里。

英国求学时，某次穷游法国巴黎，以童男子身份初涉红灯区"失身"。回到英国，与混血女孩"玫瑰"恋爱，竟能在最后关头掌控自己，在朋友圈里赢得坐怀不乱美名。可惜刚回国内任职，借住朋友家，一来二去慢慢放松警戒，终被善于以捕捉男人为乐的女主人逮了个正着。开始，两人都不过是逢场作戏，未料女主人假戏当真，让振保措手不及，结果当然是没有结果。接着，振保在母亲干预下结婚，却因为女大学生妻子"性冷淡"、笨而失望，而厌倦，而终竟毫无顾忌、毫无节制地嫖妓宿娼起来。可这一切，并未带来真实的幸福感，表面上，振保次次主动，摆脱了娇蕊，打败了烟骊，而事实上，振保有的仍然只是"做不了主"的颓丧感、失败感。

和振保一样，方鸿渐也有出国留学经历，只不过他是江苏无锡人，学的是哲学。他似乎没有理工科生的缜密、刻苦，浪迹天涯儿年，一尤所得，最后只好化几十美元买个"兑莱登大学"假博士学历回国混饭吃。好在出国前有婚约，未婚妻虽然死了，老丈人还把他当女婿看，不但出钱资助鸿渐留学，又让他到上海自己的银行里做事，方鸿渐是这样开始了自己的职业生涯。职业，除了这份银行工作，此后又到一家报馆，因为上海战事，与朋友结伴到湖南三闾大学任教，其间结识孙柔嘉并与之结婚，但婚后矛盾暴露，终至吵翻，对婚姻大失所望。其实，结婚之前，他历经鲍小姐、苏小姐、唐小姐几位女子，说是爱情也罢，说是逢场作戏也罢，总之均未开出圆满的花来。

四个男子，共同之处：都是中国人，都是青壮年，都有些追求，都经历了刻骨铭心的颓败。

不同之处：两个农民，没受过系统学校教育，算是文盲。两个留学生，现代的高知。

阿 Q 最不幸，也许是个孤儿，除了国籍和性别，一无所有，令人同情。从他种种怪癖的言谈、行为来看，似乎在心理、精神方面有些不健全的地方，比如记性不好，刚刚做的事转头就忘，妄想症，无判断力，无是非感，甚至连自己是谁也不知道，更不要说对个人权利的争取和维护了。他有着最基本的生命本能，靠着乡村社会几千年形成的共同习惯度过每一天。可是，他没有真正的意识到自我。

祥子除了没受过学校教育，倒还保留了一个自然人健全的天性，他爱惜自己，有自信，有目标，即使上了虎妞的当被迫与其成婚，他也还坚持着自己的信念，不肯向虎妞低头。直到家破人亡，心里的爱情也死了，才熬不住了，彻底崩溃。到了这时候，他变得面目全非，像掉了魂似的。是的，祥子"掉了魂儿"。

振保的失败从情场上的投机开始。他自以为心里有底，把持得住自己，没想到他是"假戏"，对方倒是"真做"，打乱了他的计划，仓皇逃窜之际，又跌入婚姻的败局，终于出现多米诺骨牌效应，一荣俱荣，一损俱损，整个人生随之坍塌。

鸿渐呢？从一连串的恋爱失败到最后的婚姻悲剧，他自认悟出一个真理，那就是人生、婚姻皆如"围城"，外面的想进去，进去的要出来，此规律，放之四海而皆准。貌似看破，实则小聪明，人生的要义终究没想明白。

窃以为四人之失，各有一端。阿 Q 之失，失在"无知"，无力认识自己；祥子之失，失在"无恒"，最终失魂落魄；振保之失，失在"无道"，道，规则也，规则乱，则心乱，心乱，则路穷；方鸿渐，失在"无爱"，只想得到，不想付出，始于欺人，终于自欺。

对阿 Q，送他一句话："人啊，认识你自己。"

对祥子，鼓励他："富贵不能淫，贫贱不能移，威武不能屈，此之谓大丈夫。"

振保，聪明的，不必多说，只说一句："男人好色，求之有道。"

鸿渐，若抱定了他的哲学，就说不服，只好恨恨地告诫："那游戏人间的，必被游戏。"

四个男人的故事说完了，想起名言："幸福的家庭都是相似的，不幸的家庭各有各的不幸。"改为："成功的男人都是相似的，不成功的男人各有各的原因。"

文学是镜子，让你看到自己。怎么修饰，怎么整改，它不管，靠自己。

二〇一四年二月二十一日，杭州德胜颐园客房

《季风》三期

约在一年以前，也是充满激情的五月，"探海石文学社"先有几个热心人酝酿，继而便在一个庄重的场合宣告成立。

岁月过去，足迹永存。我犹记得当时那个场面的生动：将往日听课的教室，精心地布置为一个巨大和温馨的产房，墨黑的字板衬着海蓝色的台布，似乎象征着我们校园主人的执着和梦想，而花盆里两株碧青的云松也仿佛在辐射出希望……

不久，《季风》与《地平线》便问世了，伴随着它们的问世，我们就拥有了第一批年轻的校园诗人——他们的热情早已积蓄了太多太多，而今终于有了释放的机会！

　　这真是一个充满幻象的奇妙世界！一碧晴空和一片蓝色海！"校园"在诗人笔下竟是那般神奇可爱，"青春"在诗人心中竟那样五彩缤纷，十七十八十九二十岁的年华本身就是一首最美最神秘的诗呀！年轻的风华感受着青春的秘密，那样果敢又那样深沉："微笑已沾上泪花，沉默是最好的回答"，叫人想起已经不年轻的舒婷；西子一面抚摸着自己的寂寞，一面又在勇敢地超越自己：

> 脱去裹在身上的严寒
>
> 挥手告别冬天
>
> 如果你记得春天
>
> 把心从冰窖里提取
>
> 别让花开的岁月
>
> 过多地蒙上黑暗

　　男子汉却又是另一种风姿。海泉宣言：

> 也许激情将成为我后悔的因子
>
> 也许冲动将成为草书的狂写
>
> 但我毅然要拉纤弛向那一片空白
>
> 后悔总归不是空白的人生

　　学政史的王轲胸襟似乎更为博大：

没有我就没有色彩没有生动

我失去了自己得先找回自己

有了我我就不会再留恋我

做一个个性化了的音符交响世界

这正是这一代二十岁人应有的风姿！

过了一年，便是今天了。"探海石"依然英姿勃发，"地平线"已升起了许多太阳，《季风》却蕴蓄着更多更深沉的温柔与刚健。一年四季，她出到了第三期。回头再看第一批诗人的诗作，显然已沉重了许多。但也就在此时，王轲、夏明、常森、风华、西子、海泉诸君正面临毕业，我想《季风》该多么留恋他们！好在他们走向成熟的时候，已凭着诗的责任感将《季风》顺利地传递到更为年轻的又一批校园诗人手上，于是我们很荣幸地开始拥有严冰、立平、王伯文、牛树平、徐西华、李德政、徐学诚、吴琼、赵文军、时新华、黄东立、何作庆、白崇征、韩光伟、马玉强、马洪霞、李建玫、王开军和崔秀仲，我们更渴望拥有更多的青春和诗！

以上诸位，有的已在寂寞中苦苦地探求过，大多数却还是刚刚开始，他们的人生和诗当然都还稚嫩，都还需要增加更多的经历、勇敢和智慧，都还需要付出许多高尚的痛苦磨砺自己的诗笔。在这里，我要强调说：欲做诗人首先做人，要悉心培养自己高尚的人格。从某种意义上说，诗即是高尚人格的艺术表现——当然，"人格"不是抽象的，空洞的。在今天，它的内涵至少该意味着热爱人类，忠于真理，不断完善自己，更多地帮助别人（决不损害别人），等等。

这个祝愿应该是永远的，我们的校园诗人能否也这样永远地追求呢？能否让那些帮助过我们的师长释然而笑呢？

谨以此文纪念"探海石文学社"周年及《季风》三期。

一九八七年六月一日

说到读书

　　说到读书的好处，我就想起了美国十九世纪杰出的女诗人艾米莉·狄金森的一首小诗："没有一条船能像一本书/使我们远离家园/也没有任何骏马/抵得上欢腾的诗篇/这旅行最穷的人也能享受/没有沉重的开支负担/运载人类灵魂的马车/收费是何等低廉！"她把书籍和诗篇比喻为"运载人类灵魂的马车"，多么新鲜而贴切。

　　但是在印刷事业高度发达的今天，我们每天接触到的印刷品实在多得令人眼花缭乱。置身在一个报纸、杂志、书籍的世界，常常有一种要被埋没的感觉。人生苦短，书海无涯，怎样在有限的生命旅程中阅读最多最好的书籍，不能不有所思考，有所设计。一个喜爱读书却又不知道从哪里入手的年轻人，他的困惑之一就是面对铺天盖地的图书不知所措。他不明白一个人的读书生活首先应该从读名著开始。

什么是名著？美国的莫蒂丝·丁·阿德勒曾经提出过判断名著的六条标准。其一，阅读者最多，不是一两年的畅销书，而是经久不衰的畅销书。其二，通俗易懂，面向大众而不是面向专家、教授。其三，永远不会落后于时代，决不会因政治风云的改变而失去价值。其四，隽永耐读，一页的内容多于许多书籍的整个思想内容。其五，最有影响力，最有启发教益，含有独特见解，言前人所未言。其六，探讨的是人生长期未解决的问题，在某个领域有突破性意义的进展。

我们还可以把这样的名著根据自己的专业分为专业名著和非专业名著。一个人如果要读书，当然首先应该阅读属于自己专业的那些名著。专业名著是每个人完成学业、实现自我的桥梁，是每个人由外行变为内行的台阶。一个中文专业的毕业生，如果他连《诗经》《楚辞》都不曾读过，如果他连《呐喊》《彷徨》都未曾读完，如果他竟然以"看不懂"为由而拒绝阅读《哈姆莱特》《浮士德》，那么你怎么能相信他是一个合格、称职的人呢？

在尽可能多地阅读专业名著的同时，也还要尽可能多地阅读一些非专业名著。这样才能保证摄取充分、均衡的营养，才不致于出现偏枯的症状。

非专业名著又可分为传统名著和当代名著。传统名著指人类在漫长的历史中创造的那些历久不衰的精神食粮，每个民族都有自己的传统名著，这是人类的精神血脉，是民族的根本和灵魂，也是每一个人成为合格的社会成员的精神之源。一个中国人，无论他从事哪种专业，似乎都应该读一读《论语》《史记》。而作为一个现代的中国人，恐怕也不能不熟悉卢梭的《契约论》和爱因斯坦的《广义相对论基础》吧？

当代是我们生活的焦点时刻，一个真正有所作为的人不能不关注当代。而当代名著是了解当代、深入当代的最佳视角，只有及时地阅读当代名著，才能与时代同步发展，才不会成为时代的落伍者。郭沫若年轻时代在日本读大学时，每天如饥似渴地阅读富有时代精神的新书，他在诗中引述法国作家司汤达的话说："轮船要煤烧，我的脑筋中每天至少要三四立方尺的新思潮。"他把到图书馆看书比作"挖煤"。在今天，整个世界日新月异，新书叠出，如不及时阅读则难免落伍。

为了节省时间，提高效率，读书不妨从各类名著开始。但这并不意味着排斥所有的非名著。每个人皆可根据自己的需要和情趣选择要读的书。不过名著毕竟是书中精华，包含着更丰富也更精粹的精神价值。当我们愿意沉下心来读点书的时候，也不妨首先清理一下自己的书桌，看看哪些书该读，哪些书可以缓读，哪些书可以不读。

一九九八年三月二日，海岳书屋

一颗奔腾的心

郭兄：

谢谢你告诉我宗良煜猝然离世的消息。

突然想起有一回，良煜又约几个小兄弟吃饭，为了什么？在什么地方？统统忘了——我很少能记住在哪里吃饭、和什么人吃饭这类事情。但那天参加的好像只有曲岩、清利、京泰和我。范围小，气氛好，很随意。他照例能喝、善说，爽快而不强人所难。我听曲岩、清利一口一个"宗哥"，觉得温馨有味。这么称呼宗良煜，很符合他的脾性：没有官气、痞气、霸气，有的只是才气、活气和义气。

他似乎颇有点名士派头，骨子里可还是个本本分分的人。常常他就像一个争强好胜的大孩子。泰安不过是弹丸之地，真正出入于"文学之门"的就那么十几个人，唱和呼应，吵吵闹闹，热烈和平静都不失单纯。这位"宗哥"出道稍早，影响稍大，自然就形成了自己的高度，人人都觉得十分正常，他自己倒也没把自己太当回事。这气氛真的不错。

九十年代中后期，良煜主攻长篇小说，通俗的《红色舰队》，浪漫的《蓝色的行走》，现实的《天惑》，后两部我都认真地写了书评。尽管宗良煜的标牌是"海洋"，我却更看重《天惑》，因为它最有"当下感"，除了印象中那个结尾流于平庸，某种程度上还是写出了现代人的"病"。可是我不太理解他为什么要以一年一部的速度写，仅仅为了"精品"奖？还是为了"赶任务"？亦或是为了证明自己的底气？在我看来，这些都和真正的"创作状态"有距离。应当从这种状况中摆脱出来，恢复心灵的宁静和空阔。

可是我们这个时代太浮躁、太功利了，它就像个疯狂运行着的大机器，附着在它身上的小部件既不能奈何它，亦无法摆脱它，最后只能是"机毁人亡"。

道是明哲可保身，孰知退场却艰难。

良煜有颗善良的心，也有颗奔腾的心，但是这颗心跳得太快了，负载太重了，它为一些并非绝对重要的事情提前消耗完了自己，留给我们太多的感叹。

谨以此信，略表寸心。并祈

保重！

二〇〇六年八月二十一日，朝晖楼

卷三

且读书开有益斋
——我与《开卷》及《开卷闲话》

关于我与《开卷》及《开卷闲话》，前年就已写过一篇短文，并承宁文兄不弃收进了《开卷闲话三编》。现在再写，还能写出点什么新意来呢？

前几天搬出所有自存的《开卷》和《闲话》系列，重点看了看自己写给宁文兄的那些"闲话"，才发现涉及读书的内容实在不多，而思想性的东西尤其太少。自然，《开卷》本来不以思想性为标榜，即使谈思想也倾向于闲闲道来，其风格略与民国时候林语堂的《论语》相似。而我最初见到《开卷》时的欣喜，也多半由此而来。不过这几年读书类的民刊渐多，欣喜之余，却也感觉都向一种风格聚集，是否又会出现新的"单调"和"偏枯"呢？

思想性，并不一定是"揭秘"历史黑幕，也不一定故作惊人之语，也不见得一定要把文章磨炼成"匕首投枪"，而是希望多少能够包含一些对生命、对历史的富有深度的感悟和思索。而不可仅仅满足于文人友人之间相互的欣赏乃至应酬。

乔治·奥威尔一九三六年曾经谈到"小说声誉跌落"的问题，经过一番分析，他认为造成这一现象"唯一的主要原因"恰恰在于小说受到了"吹捧"而不是严肃的批评。"你去问任何一个有思想的人，为什么他'从来不看小说'，你往往会发现，归根结底，那是因为护封评论家写的那种令人恶心的陈词滥调。"而且，"一旦你最初犯了把坏书说成是好书的罪过，你就无法逃脱出来。"

直到今天，《开卷》和《开卷闲话》系列仍然是我喜欢翻阅的民间读书杂志，我希望它们永远都只是夏天的一片绿荫，冬天的一杯红茶，永远给读书人提供一个可以避暑、可以驱寒、可以"自由地说二加二等于四"的地方，既不必升格为瑞典文学院，也不必打造成东方图书城。

自然，《论语》之外，再兼点《语丝》或《自由谈》，那就更有味道。只是千万不要变成"护封评论家"发表"那种令人恶心的陈词滥调"的地方。

说完这几句话，心里感觉畅快了，那些你来我往的"往事"，就不说了罢。

下面是原先写的短文，一字不易，留在这里，以见我与《开卷》及《开卷闲话》的"渊源"。

二〇〇八年二月十三日，杭州再笔

　　《开卷》或许是我见过的最朴素又最精致的平民刊物。四年前我成为它的读者和作者，这让我感觉特别开心。

　　喜欢《开卷》，首先是喜欢它那种泉水般的清冽和甘醇，那种不施脂粉天然俏的平民风格。我这么说，当然并不意味着自己只认可这种风格。实际上，大多数人的欣赏趣味我相信都是富丽多姿的，因为一切风格的美都是美，都有其无可替代的价值。我这样说，只是表明《开卷》的美是独特的，又是以素雅大气展示自己的独特性的。在这个多少有点过于贵族化、过于奢侈、过于注重装饰的时代，杂志世界同样是以视觉冲击力为第一卖点，争奇斗艳在所难免。自然，不同杂志有不同的读者定位，总体风格当然要依据读者的消费心理设计。即便是读书类杂志，属于老牌的《读书》《博览群书》，属于新秀的《书屋》和上海的《书城》，面目也各有不同。我不知道当初《开卷》是如何给自己定位的，但仅就效果而言，我认为它是别致的、有魅力的，因而是成功的。它似乎完全没有销售、利润方面的用心，只是准时地向读者传递着它那淳朴到极点而又典雅到极点的魅力。

　　喜欢《开卷》，当然更主要是因为其内容的亲切、隽永、有味。《开卷》从一开始，就拥有一批"国宝"级的作者，他们的名字或在演艺界，或在创作界，或在学术界，都是响当当、亮闪闪，而又淡出功名利禄是非之地，全无升迁奖惩盈亏之虞。只缘"人书俱老"，方才炉火纯青，率性把笔，任意而谈，叩心扉则从容有致，析时事则鞭辟入里，钩沉、考释亦可曲径通幽。似乎大有鲁迅时代《语丝》文体或林语堂时代小品文的味道。至少在我，黄宗江、流沙河、吴小如的随笔，邵燕祥的打油诗，实在是喜欢的不得了。可喜的还有，《开卷》虽然高朋满座，却并不效梁山泊那样以资格辈分"排座次"，而是大腕新手一律平等，谁举手谁发言，毫无官场习气。我说《开卷》是平民化的，大约正是缘于此点。

喜欢《开卷》，也喜欢它那种民间作坊式的编刊风格。这本小小"月刊"，所有权属于凤凰台饭店，然其实际编者，据说只有董宁文一个。一人只手（宁文还有自己的工作）办《开卷》，这真有点"回归新文学传统"的意思了。试想若干年来，国内报刊体制早已习惯于"大一统"的模式，名誉主编、主编、副主编、编委，前呼后拥，"集体负责"，大处敏感，小处茫然，刊物的"个性"何以鲜活？而《开卷》从联络作者、读者，审读、编辑稿件，到邮寄样刊、稿酬，全是宁文先生一人打理，真可说是思接千载、神游万里！

喜欢《开卷》，还尤为喜欢每期杂志后面的"开卷闲话"，有读者称之为"戏台后头的事情"，真是贴切之至。编读往来，总会有不少精彩的对话，就像后台导演和演员说戏，戏外演员和观众交流，可惜几乎所有的报刊都完全忽视了这些精彩对白，偶尔有点"读者来信"，似乎也是精心选择的结果，读者真正的心声究竟如何，反而成了一笔糊涂账。"开卷闲话"后来成了《开卷》的亮点，作者正文之外的交代，编者穿针引线的苦心，读者七嘴八舌的参与，都在这里留了底稿，算是最原始的作、编、读心理档案。接着，"开卷闲话"独立编辑成书，两年一册，在书店里也十分抢手。读者有眼，大概也正是看中了它的"七嘴八舌"或者类似于"我也到此一游"的"闲话"性质吧?

我和《开卷》结缘已有四年,但直到今年春天,才见到了来杭州开会的编者宁文先生。纯厚朴实,文质彬彬,谈吐清雅而爽然。说到《开卷》的将来,他似乎胸有成竹,似乎有做不完的事要去做。

事实上,借用一个流行的词汇,《开卷》"同仁"(或只有宁文一人?)在《开卷闲话》之外,果然已成功地"运作"出两辑"开卷文丛",推出了辛笛、朱正、朱健、锺叔河、绿原、舒芜、流沙河、吕剑、黄裳等十数位名家的随笔集,现又在陆续编辑《我的书斋》《我的书缘》《我的笔名》系列……看来,从杂志到丛书,或者将来再加上出版机构,"开卷"大有演变为"一条龙"的趋势。

末了,令我多少觉得有点遗憾的,就是没有看到《开卷》的创刊号,不用说,也就没有成为创刊号的作者,失却了一份难得的"荣誉"。

一笑。

二〇〇六年五月四日,朝晖楼

书林长夏说魅影
——《开卷》 百期珍藏版

炎炎暑日中，要为十几个来自美国、日本的大学生准备一堂介绍中国现代文学的课程，斟酌一番，最后我弃鲁迅而选了林语堂。但就是林语堂又岂是一个晚上可以说完？又只好从林氏几部"向西方人介绍中国文化"的著作中抽取几个片断请他们欣赏。完了，顺手牵羊把林氏老年仿金圣叹三十三个"不亦快哉"而作的"来台后二十四则不亦快哉"介绍出去，让他们领略一个典型的中国文人日常生活中的幽默感。

结果他们很开心，算是在李白、苏轼之外又知道了一个林语堂，且学会了"不亦快哉"一句话。

所以第二天，当收到快递公司送上门的两大部毛边新书《凤凰台上》和《我的开卷》之后，我又想到了这句话。不妨就如此表述：

　　摄氏三十七度高温里，枯坐半日，笔涩思竭，忽接友人快件寄来新出好书两巨册，且为毛边本，于是乎电风扇下，知了声中，裁而读之，不亦快哉！

　　我说不亦快哉，是发自内心的感觉，不仅因为两本书里都有自己的文章，更主要的是两本书都保持着"开卷书坊"一贯的风格，都适于闲读而不必正襟危坐。《我的开卷》是一百零二位作者记录自己结缘《开卷》、品评《开卷》的新作；《凤凰台上》则是以"《开卷》百期珍藏版"名义推出的旧文精选集，容量较前者更大，一共有一百七十一位作者，每人一篇"代表作"。这当然是不得已的做法，因为就我读过的《开卷》各期，好文章绝非限于一人一篇，但若是把好文章都选出来，那恐怕就不是一本选集所能容纳得了的。

　　重读这些偏于短小的读书人的随笔，真有乱花渐欲迷人眼的感觉。虽是闲书闲读，温润如玉的文人慧悟、学人隽语还是不断使人神经处于紧张之中。因为如李欧梵也罢，王元化也罢，冯其庸余英时也罢，积数十年治学心得而流于笔端，即便是一个正在苦恼着他们的"困惑"，似乎也足以让读者陪他一起穷追不舍地疑问下去。自然，也有别开生面的"故事"，如杨绛先生转述的那两则《陈光甫的故事》，黄宗江讲的《借花献逝者，倒叙忆娄平》，毛尖讲的《子善老师》，以及许多人讲的杨宪益，都叫我想到《世说新语》里那些个性特异的人物。不错，正是《世说新语》，那最善于塑造人物的一种笔法、一种属于东方的文学传统，现在竟可以奇迹般地保留于这本《凤凰台上》，不能不令人称奇。梁实秋说：有个性才可爱！说得实在不错。

"志人"，原是中国传统小说（也许还包括史传文学）的侧重点，唐宋和明清的散文也善于写人，由此可以看到，当代学人随笔实在也受惠于此。感兴趣的读者不妨统计一下，这本《凤凰台上》一百七十一篇随笔，以写人为主的占了多少比例？然后琢磨一下，这是否偶然？

换个角度看，这些随笔所写之人又大都是活跃在二十世纪的中国文化人，有许多已先后故去，又有许多也将陆续故去，因为健在者也都是八九十岁的老人了，谁能保证他们会长生不老呢！

从这个角度说，这些随笔也就是为中国现代文化史或读书史积累的独家素材，或者是正史之外的野史，还可以说是文化史或读书史中的趣味"补白"。是闲笔，然而摇曳多姿，有正史所不具备的活泼生动一面。中国友谊出版公司曾经出过一本当年林语堂主编《人间世》小品精华，分列"名人""杂感""山水""风物"诸卷，至今读来有味，如温源宁记吴宓、胡适之，夏丏尊记李叔同，废名记周作人，苏雪林记林琴南，都已是名人写名人的名篇佳作，成了名副其实的文化史、读书史趣味"补白"。设想一部现代文化史或阅读史缺了这些细节，会显得多么粗糙、呆板！

惜乎这些动人的影像，也已经或正在成为让人缅怀的过去，二十世纪似乎真的要结束了，因为创造这个世纪传奇的人们皆已老去。那么，《开卷》的主人公们是不是也要"变脸"了？

二〇〇八年八月七日，杭州立秋，奥运前夕

《开卷闲话七编》序

十年人意好，

七卷书缘深。

一点闲情在，

千秋共一樽。

上月十一日，接到宁文兄约写短序的手机短信，苦恼了差不多一个月，才在这个有点像黄梅天的闲天想到这二十个字。除了"千秋"二字似乎有些矫情外，约略可以表达我对《开卷闲话七编》的心情。而之所以"苦恼"，倒不是无话可说，只不过欲找到那最该说的几句，而不想下笔千言、废话一筐。

《开卷》的"闲话"，到如今说了十三年，编了七部闲话集，一跨两个世纪，曾经为初创期的《开卷》留下笔迹的老寿星们，陆续凋落的可真不少，回头看看当初他们的留言，也真有恍如隔世之感。那么，这七卷闲话，岂不是已然成了一个书界闲话博物馆了？

　　闲话虽小道，亦可见人情、养灵性、移世风矣。

　　还记得某老谢世后，宁文兄忙着为其编纪念专刊，我也曾涂写几行新诗，表达心意，后来不见宁文兄刊用，或以为与整体风格不协调吧？如今我倒想借着写短序的机会，把那几行新诗句粘贴于此，算是对开头那二十个字的一点补充：

　　　　爱书人的一壶茶淡了
　　　　满世界的汽车尾气兀自喧腾
　　　　绿邮筒守着行道树
　　　　陌生面孔往来若流星

　　　　飞机飞，火车鸣
　　　　股市跌，血压升
　　　　北京在颁奖
　　　　加沙在战争

　　　　三九天
　　　　八点钟
　　　　爱书人的脚步声远了……

　　　　　　　　　二〇一二年六月八日，杭州午山

《开卷》书友

　　董宁文的《开卷闲话》与《开卷》同步问世，不同的是《开卷》只有一副原貌，而"闲话"则通过一定规模的集结，又有公开出版的另一副面孔。聚沙成塔，大约两年一集，到今年出到了第六编，收的是二〇〇九和二〇一〇两年的"闲话"。

　　接读赠书，当即"闲览"一过，实际上等于二次阅读，故速度稍快。不知怎的，还没放下书，脑子里就猛地跳出一词儿：《开卷》书友。

　　何以有这般联想？因为"附录"的"《开卷》创刊十周年座谈会发言纪要"一下子让我"穿越"到去年与朱绍平、周维强结伴与会的种种情景，一路上的漫谈，到南京第一餐初识与熟识的一桌"书人"，下午座谈会上陆陆续续二三十位《开卷》编者、作者、读者为《开卷》说的暖心话，晚上意犹未尽的交流，第二天宁文带着一支队伍在石头城古楼深处的探幽……这一切的活动，表面上都是为生长十年的《开卷》庆生，可事后回忆起来的，不都是一个一个结交书友的故事吗？我不敢说会议上每个名字我都熟悉，可凡是眼熟的却真是实实在在地彼此抱拳相认了，套用武汉黄成勇的书名就是"幸会幸会、久仰久仰"八个字呀。

我又想到我与《开卷》的结缘。那时候我还在山东，吕剑老前辈把我一封关于《孙犁书简》的通信介绍给《开卷》刊登，又让我与宁文通信联系，我就这样加入了《开卷》作者的行列。后来一次，因为我写北大严家炎先生的短文，引来扬州陈学勇先生呼我为"校友"，此后我再读到陈先生编的书、写的文，心里就感觉格外有了一份亲切。蔡总来杭州，我和周维强认识了，且第一次得到他的赠书。前年，我刚从外地回杭州，朱绍平就打电话说南京徐雁来了，邀我到湖畔居茶楼见面，也才第一次与朱兄见面。而去年春天的南京之行，更让我有了一个极深的印象，这些编者、作者、读者都为《开卷》而来，也都因《开卷》相识，《开卷》仿佛成了一个以独特风格、魅力吸引同类型书友集聚的平台。

那么，把这些因共同趣味凝聚到《开卷》当中、彼此有着亲切感的读书撰文的书生称作"《开卷》书友"不是很贴切吗？

前不久，宁文又来杭，及至到了他下榻的宾馆，才知道他刚刚去湖滨唐云书画馆参加了北京画家许宏泉的画展，自然而然地，我又认识了同是《开卷》书友的许宏泉。

嗨，《开卷》，这些缘都因你而生呵！

二〇一一年九月二十三日，杭州午山

上海·第十届巴金学术研讨会略记

　　知道会议消息大概已是十月下旬，即致信立民先生申请赴会，十一月底，接会务组电话要寄通知给我，随后书面正式通知寄到，始知开会时间在十二月一日、二日，此前此后两天报到、离会，注明外地人员不收食宿等费用，上海人员不住会，条件够优厚。

　　余十一月三十日下午、晚上有课，只好买了 21：27 的高铁票，晚上的课讲了一节，安排好学生观摩《少女小渔》影片，遂打的先到转塘再乘坐公交 308 鼓楼下车，步行十分钟到城站。约 22：30 到上海虹桥站，乘地铁 10 号线至淮海中路南鹰饭店入住 327 房间。一推门竟见南京《开卷》董宁文老友，喜出望外，随即蒋珊珊女士送过会议材料来，说话之间已是零时，睡下。

翌日 7：30 起床，洗漱，一楼自助早餐，9 时后与宁文到八层会议室坐下，一一见过陈子善、周立民、韦泱、王圣思、李怡，将短文《鲁迅精神赖谁传》交陈思和先生，9：30 会议开始，李辉主持，陈思和致辞，回忆历届巴金讨论会，难忘第二次即一九八九年王瑶死在会议期间那次，感叹后来的讨论会越来越远离学会初衷，且读了他当天赶车路上写的现代诗，随后八十八岁黄永玉致辞《巴先生》，冰心女儿吴青、女婿陈恕与会，无官方人员参加。

简短的开幕式后，大家步行沿淮海中路、湖南路到了武康路 113 号巴金故居，这是故居修缮后、开馆前迎来的第一拨参观者，据说下午为开馆仪式。故居为三层楼房，一楼为门厅、会客厅、太阳间等，二楼是卧室和书房，三楼似为书库，面积稍小。整个故居里面，感觉巴金写作用的书桌最多，样式也各有不同，一层的太阳间、二层的书房，到处是专门为巴金准备的小书桌，可见巴金日常生活最主要的就是写作。王圣思教授告诉我，他父亲辛笛生前常来这里，身体好的时候甚至自己骑自行车来。

大家在故居前合影留念。

中午在上图招待所餐厅"图安"二层用餐，餐后步行回南鹰八层，1：30 开始大会发言，李怡、板井、李存光等先后发言，中场休息后感觉稍累，回房间迷糊一会，宫立自华师大来，持席慕容签名本诗集《我折叠起来的爱》、土德后《鲁迅文化精神》赠余，谈话中，子善、韦泱、宁文来，遂一起去

"图安"晚餐。

二日早8：30集体乘车赴普陀区图书馆与会，上午仍研讨，发言较精彩（以上三日晚写），第一次见到"秋石"，听其发言，不明就里，谈其几次坐牢，又谈到绍兴鲁迅会议邀请龙应台等，他如何向绍兴方面提示龙氏为"台独"，如何引起重视、周令飞如何不快云云。又有龚明德、吴青发言，龚操川语，吴以"公民们"开场，畅言"繁体的'爱'字"，即"有心的'爱'字"，赞赏"巴金舅舅""说真话"的勇气，她自己亦力争"逮着机会就讲"。午餐在该馆一层，与子善、宫立、蒋珊珊等一桌，餐后参观该馆现代作家图片展。下午与宫立打车去斜土路访辞书出版社王震先生，他的《陆费逵年谱长编》已交出版社，明年或可问世，获赠书两种：《汪亚尘的艺术世界》，王震、荣君立编，民主与建设出版社，一九九五年九月版；《汪亚尘荣君立年谱合编》，王震编著，民主与建设出版社，一九九六年十二月版。

乘49路公交返淮海中路步行至宾馆，第三日早餐后与宁文一起乘地铁10号线至虹桥火车站，分别返宁、杭。

宁文携其策划《黄氏家族百年沧桑：走出太平寨》赠余一册，南京师范大学出版社，二〇一一年九月版。

二〇一一年十二月三日，杭州午山

写在文学史边上

　　一段历史过去了也就过去了，就算是真有所谓"历史癖"，要想不走样地复原历史的原貌，实在谈何容易？"旧史学"固然难免以偏概全之讥，被目为"新史学"的法国年鉴派虽力倡历史"整体观"，实际操作出来的论著在令人眼睛一亮的同时，却也避免不了给人留下"历史碎片"的印象。认识世界与研究历史，盲人固然看不见"整体之象"，一般所谓正常人里的"有眼无珠""视而不见""有色眼镜"以及"色盲""近视""弱视""看走眼"的现象不也多了去吗？

　　并非说历史就根本不能研究，只希望历史学者对人不必太苛刻，对己不必太自雄，要时时保持一份谦虚谨慎的态度，有一分智慧用一分智慧，有一点发现是一点发现，把人人的智慧和发现积累起来，史学的成就和进步就彰显出来了。后人鄙夷前人，往往都是事后诸葛亮式的愚蠢，算不得好汉的。

譬如中国新文学史，在"左翼文学"唱独角戏几十年之后，逆转还是意想不到地出现了，到二十世纪九十年代新出的几本新文学史，逼近真实的努力所结出的果实，已给人耳目一新之感。类似法国年鉴派那种"强调历史是包罗人类活动各个领域的'整体'，是在这些领域之间相互关联、彼此作用所形成的结构和功能关系中得以体现"（http：//baike. baidu. com/view/82513. htm）、因而不能简单套用"因果性思维逻辑"的做法，也已经体现在林林总总的新文学史研究的著述中了。举凡对个体作家、文本、流派、期刊、年度、文体、主题、技法、交往、收入、地缘、出版机构、文学制度的或分别或综合的有效考察与发掘，所积累的成果尽管仍不可能真正"复原"新文学面貌，却已然令人目不暇接。然而，视野扩大，方法更新，也同样并不意味着终极的收获期到了，时间存在，宇宙永动，我们唯需宁静致远，学会从容小结与欣赏。

说到作为新文学学者的陈子善，自然也该以同样的态度去欣赏他的成果与谦虚。不错，他的谦虚表现在文字间频度颇高，而且准出现在关键处加以强调，而不止于一种欲盖弥彰、打哈哈式的修辞手段，这种态度在当今学界日渐稀有，仿佛已是空谷绝响。然而我还是欣赏这种态度以及对这种态度的准确表达，我以为对陈子善而言，这一点恰恰是他作为新文学学者的个性标志。

为什么一定要拎出这一点说话呢？

　　他在去年新出《看张及其他·楔子》里表白："这册《看张及其他》仍沿袭我以往的书，既'专'且'杂'。说'专'，决不是自诩专精高深，而是指我的'专一'，即数十年痴迷于中国现代文学史研究而不改，读者也可以批评我没有长进，而今'国学'昌盛（可惜不少提倡'国学'者连'国学'到底是什么也搞不清楚），我这些文字显得有点不合时宜了。但我已管不了那么多，继续做自己喜欢做的事要紧。说'杂'，是书中有考证、有评述、有序跋、有随感、有怀人忆事，还有答问之类，杂七杂八一堆文字而已，'规范'的学术论文反而一篇也没有。我有自知之明，虽属'资深'大学教师（在大学执教三十三年，总可称得上'资深'吧），但不大像'学者'而更像'文人'，文人气颇重，是好是坏，自己也没弄明白。"

　　这一段引文当然不是纯然的逻辑推理，但表达的意思很明白，一是交代此集所收乃有关新文学的学术随笔，而非专论；二是由此产生的"更像'文人'"的自觉。表达这两个意思时子善先生似乎都有点自嘲中的固执，也算是夫子自道，似可借此感知他的心态。若从二十世纪七十年代后期参加鲁迅著作注释算起，他在高校从事、用他自己的话说"痴迷于中国现代文学史研究而不改"的确已经"数十年"，新文学研究由显学而被今日之"国学热"屏蔽，似乎真给人"世态炎凉"之感，不过这实在无须多虑。或"显"或"隐"，本身都是需要研究的文化现象，一味追潮逐浪，正非学人本色。子善先生不改初衷，且对"国学昌盛"不无揶揄，其实这种固执与"不合时宜"乃属正常，透露他鲜明学术个性的地方只在于"痴迷"与

"做自己喜欢做的事"一句。即是说，其学术工作的出发点和动力来自个人兴趣，在我看来，这不正是他所谓"更像'文人'"的地方吗？

再者，带引号的"规范"一词也侧面揶揄了当代"体制化学术"的新八股面孔，这大概也是子善先生对"学者"身份刻意回避的缘由之一吧？表面上"与世界接轨"、实则衍生于官僚化、体制化学术管理制度的中国论文"规范"，近十几年中已经制造出数不胜数的学术泡沫与学术赝品，在这种背景下若以"学者"自诩的确令人心有不安。但是时代的浮华几成定则，所谓的学术界仍然秉持着刻板的"规范""教书育人"、"繁荣学术"，不用说，这样的学术制度显然并不适于王国维、钱锺书、陈寅恪们的出现，而只能定制一批又一批的"博士帽"吧？

自然，即便是真的学术，也还有个学术个性问题。以严密的逻辑推理、透辟的分析写出的学术名著多多益善，从感性出发、以智慧的觉悟点到为止结成的"对话""诗话"与"随笔"也同样启人心智。钱锺书所谓"文人慧悟"与"学士穷研"的名言，固然有其不够周延之处，但概括出的两种治学路径之异趣，既符合实际，也值得研究。只是"文人""学士"毕竟只是外在身份，理想的能力当然最好还是把"慧悟"与"穷研"融合起来，可理想毕竟是理想，在实际治学活动中依每人不同个性、习惯、喜好，或偏于"慧悟"，或惯于"穷研"，不一而足，问题的实质恐怕仍在于"慧悟""穷研"的成果质量。

子善先生之"更像'文人'"，是就自己的学术个性而言，其治学的兴趣所在、文体的不拘一格以及靠史料说话的做派都为这个自我定位做着注解。打开他的新著《边缘识小》《看张及其他》，其所谓"考证、评述、序跋、随感、怀人忆事、答问"之文体之"杂"，确乎如"乱花渐欲迷人眼"，细品篇篇有滋味。就涉及范围，两本书的内容当然也能体现作者的研究方向，比如有关张爱玲、海外与台港作家以及京派、海派文人，而实际上这些文章在子善先生的学术活动中已属于他的"副产品"了，借用老套的说法不过是"冰山一角"，真正的"冰山"是他花费大量精力整理、出版的那些被一般文学史著作有意无意摒弃、遗忘、忽视的作家文集和研究资料集。比如有关郁达夫、周作人、梁实秋、台静农、叶灵凤、施蛰存、黎烈文、张爱玲等现代作家的系列书籍，按他自己说法是"力求作品搜集、研究资料整理和回忆录汇编三项工作并重"，每种书无不是拾遗补缺、精心编辑、力求圆满，真正"为这些中国现代文学史上重要作家的研究打下了必要的不可或缺的基石"（《有感于编书三十年》）。

谈到文学史编纂的刻板、偏枯等现象，子善先生通过《现代文学史的另类书写——赵景深"文人剪影"解》《打捞"文学史的失踪者"——〈朗山笔记〉序》《边缘识小·楔子》等文章皆有所指陈，也不断地流露个人对文学史编纂"多元化"风格模式的向往。其实三十多年来他所做的工作正是朝着这个方向努力着，也是一般急功近利的"文学史家"（实际上可能仅仅是把"文学史"编纂视为上项目、争资金、名利双收的事情）不想做、也做不到的。他在《边缘识小·楔子》中的一段话也同样为我欣赏："我研读中国现代文学史，历来注重历史的细节，作家的生平、生活和交游细节，作品的创作、发表和流传的细节……从这个意义上讲，我对法国年鉴派的治学路向是虽不能至而心向往之。历史的细节往往是原生态的、鲜活的，可以引发许许多多进一步的探究。"他之所以将该书命名为《边缘识小》，真诚的谦逊之外，其实也蕴含着他这份有时并不容易获得理解的理想。

当然不能否认中规中矩、有功底的、大部头的、有理论支撑而自成体系的文学史著作，我要表达的只是本文开头的意思，即希望历史学者对人不必太苛刻，对己不必太自雄，要时时保持一份谦虚谨慎的态度，有一分智慧用一分智慧，有一点发现是一点发现，把人人的智慧和发现积累起来，史学的成就和进步就彰显出来了。我不敢说子善先生的努力就是主流方向，但我欣赏他这种努力的确丰富、立体化了，甚至某种程度上"复原"了渐渐远去的新文学史的真实面目。

这或许可以算作从学术意义的角度理解子善先生的工作，换个角度，把自《捞针集》到今年之《边缘识小》《看张及其他》的十数本陈著作为怡心养性的快乐读物也无不可。这就可以引述一下钱锺书先生随笔集《写在人生边上》的序文，"世界上还有一种人。他们觉得看书的目的，并不是为了写书评或介绍。他们有一种业余消遣者的随便和从容，他们不慌不忙地浏览。每到有什么意见，他们随手在书边的空白上注几个字，写一个问号或感叹号，像中国旧书上的眉批，外国书里的Marginalia。这种零星随感并非他们对于整部书的结论。因为是随时批识，先后也许彼此矛盾，说话过火。他们也懒得去理会，反正是消遣，不像书评家负有指导读者、教训作者的重大使命。"

如此这般，子善先生的文学史随笔似乎也可以借用钱锺书的说法，算作是"写在文学史边上"，不必与一般所谓"正统文学史"争锋的小品文了。事实证明，这样的小品文自有可爱之处。

算来今年已与子善先生见面两次。一次是早春，在杭州《都市快报》读书活动中，十几位读者与他围坐一起，每人读一段《看张及其他》，他自己也用上海话念一段，很是有趣。轮到我，念的是《楔子》。第二次是仲春，在南京《卄卷》创刊十周年活动期间，吃饭、聊天、发言，全方位感受他的海上旋风风格，接受他从南京旧书店淘来的赠书，他自己编的古吴轩版的《夏志清序跋集》。

不到半年，我竟得到子善先生三本赠书，除了上述两本，还有一册就是《边缘识小》。这一册与《看张及其他》一样，都是三十二开硬面精装本，赏心悦目之外，拿在手里的感觉也特别舒服。

舒服之余，零零碎碎写了以上的杂念、杂想，略表"投我琼琚、报以木瓜"心意之外，也借此抒发一点对当代学术风习的感慨。

二○一○年九月三日，工大之江学院

与谭宗远说"老萧"

宗远先生：

拜读《温州读书报》四月份大文《忆老萧》，也想借题发挥一下。

萧金鉴先生，我和他联系不多，也没见过。大概因为江西进贤的《文笔》，才有了邮件往来。搜索邮箱记录，最早的邮件是去年三月我发给《文笔》一篇写诗人牛汉诗集的短文，收到了他的回复："大函悉。先生曾于年前寄来牛文，不知是信件还是网邮，我未曾收到。因文笔在长沙初编，主编审定，稿发我邮箱处理快些。我还编着《书人》，给先生寄过。去年四期有牛汉专辑，正印即寄上，烦告邮址。此次来文刊《书人》一期。谢支持。金鉴"

　　随后邮件逐渐多了起来。七月九日，他收到拙著后来信："我非常高兴地收到您的著作，是两本关于诗的，我是诗的爱好者；而且是题签本，而题签的又是诗句，我除了事先提出要求，是很难得到如此珍贵的签名本的（我正写作中的《题签本随记》一书，关于您的这篇，就用《当清越的晨钟敲落长夜》为题）谢谢了！我也才知道，您是敲响清越晨钟的诗人，您的诗让我读得津津有味！多联系，请赐大作，我还编着《文笔》，还有'文房''丛书'。您有《文笔》么？没有我寄您。诚挚的问候！老萧"

　　我按他要求，呈上几篇短文供他选用，他又当即回复："子张先生：好！谢谢！三文都好，李长之文上《文笔》秋之卷，请发书影；三文请发魏信影印件。'文房''丛书'请提供一写文房生活或文房收藏稿，篇长三千字左右，附图问候！老萧"

　　"文房丛书"大概是他要编的书吧？这样我就又承他好意，赶写了一篇《窗前江水　楼底市声》发给他，没想到受到他热情肯定，八月十三日又来信："惠发各件俱佳，谨致谢意。魏信拟上《文笔》，诗序上《书人》，文房稿好啊，有个姊妹篇就更好了。可行么？盼复。"

　　我没明白"姊妹篇"什么意思，写邮件询问，他回复说："我太贪。读佳文如品佳茗，总希望再来一杯。也就是希望，像赏读'书桌'这样的文房诗的赏读文，还有一篇，岂不更好？所以我那么提出来，因是收入书中，篇幅长点亦无妨。此文我已很满足，不再存奢望，不再为难您了。长沙酷热，今下午网报重庆浙江将达四十一度高温，望多保重！老萧 2011.
8．17，16：55（星期三）"

原来是让我再接再励呵！可我想，一个普普通通的读书
人，哪里来的那么多雅事，再说也不好意思一下子承受那么多
美意，就搁下了。到了这年十一月，本来打算应温州卢礼阳先
生之请去参加民间读书年会的，可因为临时有事去不成了，结
果那天，突然接到萧金鉴先生自温州打来的电话，问我到了没
有，这回轮到我后悔了：多么好的一次见面机会呵，竟让我这
样错过了。后来听说那次到会的书界友人特别多，真让我觉得
遗憾。不过也难怪，去年一年，家里事情多，特别是老父由病
重而病危，最后不治，我从暑假到九月份回了三次山东，也没
有参加活动的心情，在这里也向朋友们道歉吧。

可说来奇怪，到了新年与春节，我给萧先生发了两次贺年
邮件，都没收到回复。但也没往深处想，今年三月十九日，我
因为收到《文笔》"秋之卷"以及稿酬致信萧先生表示感谢，
没想到收到的回复却是唐巍先生发来的："子张先生，您好！
我是《书人》《文笔》美编唐巍，感谢您一直以来对两刊的支
持。萧老师年前因病住院，病情日益严重，目前已卧床，靠输
液维持。《书人》最后一期为二〇一一年第四期，难以为续了。
《文笔》有江西农耕先生支持，应会继续办下去。祝：安好 唐
巍 2012．3．19"

这对我是个很震惊的消息，因为完全没有想到，也没有一
点点迹象。立刻回复询问详情，并请唐巍先生代致问候，希望
萧先生尽快康复。我哪里知道萧先生得的是绝症，在没有得到

唐巍先生回复的情况下，我还抱着最大的希望和信心，设想着妙手回春的奇迹发生。而实际上，就在此后第三天，萧先生就溘然长逝了。

四月二十四日，我又收到湖南《文艺生活·艺术中国》杂志执行主编曹隽平先生的邮件，告诉我："原来委托萧金鉴先生向您约稿《窗前江水　楼底市声》一文，现萧金鉴先生已于三月二十二日不幸去世，您的文章拟在本刊第六期发表，以后会选入《文房》一书，请发您的手机号来，以便联系和寄稿费。"

不知道为什么，这一连串的邮件给我带来某种感动，总想表达出来。这种感动是因萧先生？亦或是因唐巍、曹隽平先生？或者是由萧先生而唐先生再到曹先生？从萧先生去世后的这两封邮件里，我分明感觉到了一种"暗香"，是一种感动人的"暗香"。

我想到了你在《忆老萧》中的一段话："他留给我的印象从通信伊始就很好，善良、谦和，好脾气，低姿态，有学问，有修养，就像个可亲可敬的老大哥。"也想到了《开卷》第四期上锺叔河先生《爱书爱到死》中的话："因为他爱书爱到了性命相依、生死与共的程度，他就有了寄托和追求，他的生命也就有了更高的意义和价值。"

我也算个偶尔写点文字的人，若干年来承蒙像萧先生这样的编辑的厚爱，屡屡"荣登宝座"，常觉受宠若惊，又常怀一点点读书人清寡的感恩之心。然而限于种种条件，我甚至都不能跟这些可爱的人见个面、道一声谢，总觉得有些愧意。如今萧先生已经长逝，他连句感谢的话也听不到了。

　　由大文，杂七杂八写了这些，幸勿见怪！

　　并祈

时绥！

子　张

二〇一二年五月二十日，杭州午山

一封信，一段回忆

　　刘可牧先生过世的消息，是上半年与长沙朱健先生通话时知道的。最近，一位友人打来电话，要我找找当年与刘可牧先生的通信，说是想为刘先生编一个纪念集，也许用得着。

　　与刘先生通信，那是一九八三年的事情了。那时我刚刚从教两年多，刚刚从下面的中学调到县里的教师进修学校。授课之余，对莱芜乡邦文献感兴趣，由散文作家吴伯箫而知道了二十世纪三十年代活跃于山东文坛的不少作家、诗人，如李广田、臧克家、何其芳、卞之琳等。巧的是那年秋天，到泰安参加省写作年会时，碰到一位十分儒雅而谦和的老先生，竟然是李广田当年的学生，他就是来自潍坊教育学院的刘可牧先生。

　　这件事，我在前年写的《李广田：文学生态链与非正常死亡》一文中有过描述："某年在泰山脚下参加一次写作会议，邂逅潍坊教育学院的刘可牧先生。会中闲谈，不知怎么就说到了李广田的散文，刘先生很高兴地告诉我，他这次来开会，其中一个心愿就是要寻访'李老师'当年在泰山上下留下的踪迹。于是在会议休息的某天，刘先生约了济南师专的郭先生，加上我，三人一起沿着泰山西路的盘道，过龙潭水库、长寿桥，慢慢走进了李广田散文《扇子崖》的故事之中。经过一段艰难的攀登，当我们坐定在陡然耸立的扇子崖下面的山石上休息时，刘先生拿出师母王兰馨不久前赠送给他的《李广田散文选》，翻到《扇子崖》一篇读了起来。"

　　这段回忆完全写实，也是常常让我回味的富有意趣的人生际遇。可惜那时候没有"采访"的自觉，不知道如何从一位老人口中获得鲜活的历史背景，只仿佛记得走在去扇子崖的路上，刘先生谈到当年抗战爆发后他从泰安撤退时如何得到"李老师"的帮助和教诲，又慨叹那个年代中学语文老师的写作水平之高与他们的作家身份。我后来从李岫编的《李广田研究资料》中读到刘先生"忆抗战前后的李广田"的文章《"嘉树下成蹊，东风桃与李"》，刘先生谦逊，文章中没有一个"我"字，但只见李广田老师随济南初中而山东泰安、而河南许昌直到四川罗江的辗转跋涉。那被学生们自诩为"七千里长征"的"不平凡的徒步奔波"，我想刘先生自己也一定走过吧？

　　有着这样一番经历而又谦和、儒雅的刘先生当然也该是值得信赖的良师，所以会议结束回到单位后不久，我就给刘先生写信，向他倾诉一些如今看来十分寻常的人生烦恼。那时候我才二十多岁，教了两年多中学语文，一方面心气很高，似乎踌踌满志，一方面又自感受困于穷乡僻壤，缺朋少友，难成大事。这种心态，或者多多少少有点文学史里"多余人"的色彩吧！然而刘先生很快复我一信，对我表示理解而又鼓励有加。他说："你写了许多心里话，都对，但要向前看，现在的问题预料会得到不同程度的解决。人的一生，碰一碰，摔几跤也好，不然怎么会吃透人生的滋味呢！要学高尔基、杰克·伦敦，他们处在那种逆境，却获得那么大的成就。我们所处的时代总还顺利、幸福的多啊！"

一封信自然不会解决人生的根本问题，可同情、理解与温暖对于陷入困境（无论这困境是真实还是虚幻）的人却永远都是珍贵的，那是生命与灵魂的救援之手，是冬日的炉火与夏天的清荫，是人人都会需要的关键时刻的一份呵护。所以，当我又找到这封信，重温当年读信时的心情，更觉得那种温暖的理解难能可贵。

一九八七年初夏，山东省现代文学研究会确定以王统照和李广田两位山东籍作家为年度会议主题，我写了关于李广田诗歌的论文参加会议。没想到在济南东郊宾馆的庭院里又见到了与会的刘先生，此时他已退休住在济南，所以他是一大早从家里赶到会场的，他还是那么谦和、儒雅而从容，踽踽而来而又踽踽而去，一点也不想引人注意……

鹤发，童颜，一副黑框眼镜，挺拔的身躯，常在静默中。

这是我印象中的刘可牧先生。

二〇〇八年十一月十八日，杭州

　　后记：在写出这篇短文后，曾给刘可牧先生长子庚子兄看过，不久，就收到他寄来一本厚厚的十六开自印书稿《在风砂中挺进》，原来是可牧先生的回忆录，写的是一九三八年"七七"事变后他与一批山东中学生流亡大后方的事，有不少生动的细节。这些往事，可以与其师李广田、其友朱健（杨竹剑）的不少诗文相呼应，似乎也有正式印刷出版的必要。不知庚子兄以为然否？

　　　　　　　　　　二〇一〇年十二月十一日，杭州午山

温州的书卷气

　　在《温州读书报》即将出满一百五十期之际，我取出自己收存的这份八开小报，又仔细翻了两遍，才知道从一九九七年创刊以来所出的一百五十期报纸，我只存得二〇〇五年以来的后五十期，因此无缘领略其最初的风神，殊觉遗憾。

　　不过从第一次看到它，我就为其既端庄又活泼的版式、既守正又前沿的读书信息、既眼观六路耳听八方又刻意突出温州地方特色的风格所折服。我不敢妄评其为温州文化建设做出了多大贡献，却至少由它感受到了温州以及温州人优雅的书卷气，让我对温州有了虽然不多然而已较为全面的认识，改变了我一直以来通过道听途说而形成的刻板的"温州印象"。前年深秋，我去瑞安参加一位青年诗人的作品研讨会，游览了玉海楼和梅雨潭；去年仲春，又借机会到温州一游，雁荡山和江心屿之外，在友人陪同下竟意外登临温州图书馆的藏书楼，拜访了勤勉、儒雅的卢礼阳先生，看到了他七楼办公室里《温州读书报》编辑部的牌子，还透过玻璃长廊看到了我所尊敬的前辈诗人唐湜先生赠送图书馆的一架图书……有了这些作铺垫，当我再去看飞云江边和瓯江边那些仿造上海外滩建造的高楼大厦时，心里就有了底。因为我已经知道，除了这外在的物态的繁华，温州其实还另有一面，那当是一个家学渊源深厚、饱读诗书、沉潜风雅的读书人形象。

　　这一个读书人的形象，正是玉海楼、温州图书馆、卢礼阳、《温州读书报》的综合，特别是当我重新翻阅这五十期报纸时，这个形象就愈发清晰地出现在我眼前，让我看到了一个有着浓郁的书卷气的温州。我留意到第一百零五期第一版上披露的温州籍旅美学者马大任先生关于读书的一段话："现在许多中国人喜欢看报，不喜欢看书。这个风气要稍加改变。报固然要看，书更要看。书中不一定有'黄金屋'，但是经济'台风'来的时候，它可以帮助你保住你的屋。"我也注意到了有关"温州文献丛书"这项"近百年来温州地区规模最为宏大的文化工程"的许多报道，仅仅由礼阳兄负责编注的《黄群集》和《刘景晨集》，我就感觉到了这套大型文献整理工作的上乘质量；我还特别想提一提报纸中缝的"温图受赠书目"，从这里，你就可以一窥温州人读书、著书、捐书的蓬勃热情……

　　让我时时感到惊异的是，《温州读书报》尽管僻处一隅，而视野绝不狭窄，意态绝不萎靡，我倒是往往先由它的转载感受到国内读书界最新鲜的思想力量。我也喜欢"书香"版上一缕缕新书、旧书的芬芳，而尤其从第一版和第四版的"瓯风"获知了太多古今温州地区文化累积的生动故事。说句老实话，这两版实在是我了解、认识温州近现代文化史的启蒙读物。

在《温州读书报》出到一百五十期的时刻，我却不知道该对它提什么更高的要求。我是个容易知足的人，我觉得《温州读书报》能够一如既往就好，我喜欢那个有着书卷气的温州，自然也就愿意这报纸天长地久地办下去，老土一点、木讷一点、尖锐一点都没关系，千万别赶时髦、走了样。

二○○九年八月三十日，杭州

放情丘壑陶咏吾乎

前段时间到上海参加"开卷书坊"第四辑首发活动，开始前，先在陕西北路辞书出版社文学编辑室会合，宁文兄首次向我出示了他的画集《宁文写意》。惜匆忙中不能看仔细，也未及细谈，唯独留下了一份惊诧和意外。

我好像也曾猜测到宁文与书画有过某种关联，却绝对不曾想到他在做《开卷》以前竟是一位不折不扣的国画作者，且创作量既不小，画风复清俊而拙朴，意境苍茫高远，颇有类似陶渊明、谢灵运那种古朴自然的诗意。

近日，我又经由宁文发来的电子文档看到了较之那本画册所收更多的画幅，从更多侧面欣赏了宁文早期画作的风貌，不但借此了解到宁文的"前身"，也对他这"前身"的形成过程充满了好奇和揣测。

这些画当然未必是宁文作品的全部，也未必是他最初学画时的入门之作，故仅从这些画揣测其艺术渊源或许不够。不过从另一方面，却又似乎可以由这些画看到彼时宁文国画创作探索期或曰第一阶段的基本风貌，看出一些他艺术探索的路径和可能面临的新选择吧。

可惜我对国画的传统、源流、门派、技法所知甚少，无力从这些方面冒充内行，自然也就说不出什么建设性意见来。但这也不妨碍我从自己的角度欣赏宁文的画作，或说从个人所能意会的地方感悟宁文所写之"意"，因为同一文化传统之中不同的人、不同的艺术载体之间毕竟有若干交集之处，总应该有些异中之同的因素吧？

譬如"写意"之说，固然是传统国画专有术语，有特定内涵和外延，如前人所云"用笔有简易而意全者"。可也不尽然，以"写意"衡之其他传统艺术如诗文者，同样有效，毫无悖谬。盖传统文学、传统艺术，于其思维层面、操作层面，自有种种可沟通处，所不同者，不过只是由工具不同而延伸出来的若干细小差异罢了。宋人论诗，即有"酒可销闲时得醉，诗凭写意不求工"（陈造《自适》）之谓，清词学家况周颐亦云："今人之论词，大概如昔人之论诗。主格者其历下之摹古乎！主趣者其公安之写意乎！"（《蕙风词话续编》卷一）至于具体以"写意"见胜的诗作，那更是触目皆是，唐王勃"长江悲已滞，万里念将归。况属高风晚，山山黄叶飞"，固然旷远苍茫得撩人胸臆，清袁枚之"牧童骑黄牛，歌声振林樾。意欲捕鸣蝉，忽然闭口立"，却亦清婉有趣。以"写意"笔法观之，在在笔酣墨饱，可谓有神、传神。若从诗画融通角度言，则同样的诗意亦可出之以画笔、画面，实在说，王维之诗中有画、画中有诗并不神秘，以其意趣同一、语言有异也。

宁文诸画作，自有其国画艺术渊源和师承，却也与中国诗词之"意趣"暗暗呼应。《野航图》《虚舟荡远波》《放情丘壑陶咏吾乎》《月光如水水如月光》就与上述王勃诗句所营造的氛围很是吻合，故径以王勃诗句为题似乎也完全可以。而另一些画作如《树林夕照》《小山村》《池塘边清趣之图》《江南渔村》就相对婉约、多趣一些，颇类陶谢田园山水、唐王孟山水诗或王冕、袁枚之意境了。

以题材言，宁文的画主要是山水，人物、花鸟则未见。上面提到的几幅，就都属于山水大范围，不同的只是背景大小之差，大背景的如《北海群峰》《黄海烟云》《万壑松风》《最后的乐章》，小背景的如《江南渔村印象》《浴日图》《小山村》。从我个人喜好说，对小背景的情趣小品尤为感兴趣，以其简约之笔可以传达出深远意境焉。所谓意境者，即那种能够让我感觉到一种人生之逸趣的东西，如宁文之"放情丘壑陶咏吾乎"，只不过有时候则是"此中有真意，欲辨已忘言"，唯有中国人一看就明白的"妙处"。

说来说去，自己还是不懂画。但我愿意借宁文自己的语言给观画者一点参考，一段是宁文题于早期画幅上的，一段则是近期我向宁文提问时得到的回答：

　　中国画创作往往以兴之所至，笔墨以追之，故画家亦气韵犹酣，觉有大畅心胸之感，此乐此不疲之缘故矣。然斯法成就之画亦不为一般之人所能够。凡学养笔墨皆俱，加之灵气所生发方可矣，斯亦是中国文人画家之高度精神享受矣……

　　自小喜欢画画，速写、素描、水彩、油画均接触过，中学开始学习中国画，转益多师，初钟情于新金陵画派诸家，后对黄宾虹、李可染、石鲁均有学习与感悟。学画伊始，读过一些历代画论，从临古入手，后游历黄山、泰山、庐山、青城、九华山、天柱山等，外师造化，其间亦多次寻访各地画家，参加过一些国内举办的画展，还在南京、安徽等地办过个人画展及联展。但自上世纪九十年代中期后逐步转入编辑与出版，画画也就逐渐荒疏，但对画坛的关注一直未曾停滞，更与一位书画家交往颇深，自去年开始又重新有再拿画笔之念想。

最后，引一首王冕《墨梅》诗，取其意，以助宁文见再度开笔：

　　　　我家洗砚池头树，个个花开淡墨痕。
　　　　不要人夸颜色好，只留清气满乾坤。

　　　　　　　　　　　　　　　　乙未中秋，旧时钱塘

"七月书旅" 及其他

      黄成勇先生这本以寻访原"七月"派诗人、后成为所谓"胡风集团"分子重要成员为主体的《幸会幸会 久仰久仰》，对于我，也应算是"久仰久仰"了。因为在书出版之前，不仅"七月书旅"的某些篇章已通过《书友》报得以领教，而且龚明德先生的"序言"《那份牵挂和感动啊》也已先行面世，其中对作者痴迷于书、而又由书及人所做的渗透着感情和思想的寻访作了诚恳的认可，我读后印象弥深，早引发了急于拜识的强烈愿望。现在，这本沉甸甸而又"香喷喷"的著作终于如一个完美的艺术品似的出炉、问世，在江南早春的暖风里读着由作者层层包装、郑重付邮的签名本，似乎又该说一声"幸会幸会"了。

　　我没有想到，这本书会印得这么漂亮！开本、设计、纸张都这么讲究，更不用说正文里面穿插的诸多珍贵的档案性和艺术性图画与说明了。尤其是高莽先生绘制的人物头像和作者自己的摄影图片都成为这本书相得益彰的有机体，我猜测作者为了这些图片的获得一定付出了很多劳动。比如"大理古城""竹山县城""宜昌南津关"和"汉江"的摄影照片，多为俯拍角度，这恐怕需要作者多走不少路，多爬不少山才能获得如此开阔的视野。恰好这时候我看到了诗人朱湘谈书的一篇散文，不禁想借用其中一句话表达一点感慨："拿起一本书来，先不必研究它的内容，只是它的外形，就已经很够我们的赏鉴了。"

　　自然，这本书最厚重之处，还是对当代十几位有共同历史背景和政治命运以及相近美学渊源的诗人所做的交织着"以书会友"的挚情和"以史为鉴"的苦心的漫长"书旅"。根据作者的提示可知，"七月书旅"始于偶然，由现代文学史学家倪墨言先生赠送的路翎遗著《在铁链中》《朱桂花的故事》成了这次规模越来越大、意义逐渐彰显的寻访活动的最佳"媒介"和起点。杭州的冀汸，宁波的孙钿，武汉的曾卓，北京的梅志、绿原、牛汉、鲁煤，长沙的朱健，湘潭的彭燕郊，银川的罗飞，西安的胡征，南京的化铁、欧阳庄，上海的何满子、耿庸，成都的杜谷，其不同寻常的命运轨迹和人格魅力都十分鲜活地再现于作者笔下，即使是已经逝去的胡风、路翎的影像，也在朋友们深情的怀念中变得生动起来。"活着就是证据"，"所以切不要悲伤"，这些饱含着历史悲慨而又掷地有声的言语似乎已代作者表明了寻访的意义。同时我也同意成勇先生自己

的说法："这里记下的，或者是对历史波折的叹喟，或者是对
政治风浪的沉吟，或者是对患难亡友的追思，或者是对荒谬时
代的反思，或者是对文化专制的愤慨，或者是对历史成因的思
索……不论我的记录多么平实，我的笔墨多么拙劣，我倒是在
客观上完成了一个纯朴表述：往事并未成烟，也没随风而逝。"
"一个庸常的人在庸常的生活里，了解一点人世的苦难，于庸
常的人生未尝没有助益。"（《感受苦难》）显然，通过对一个个
曾经受难、而今还坚强地活着的诗人近距离的交往访谈，不仅
凸显出文化灾难的镜鉴意义，也成了个人感悟生命与时代之间
互动关系的一种特殊方式。

　　我也在一首小诗中记下了对这本书、尤其是"七月书旅"
的印象：

海北天南休辞远，
诗心叩问笑谈间。
依稀血痕犹照眼，
半如苍霞半如烟。

　　除了"七月书旅"，作者也还有不少"以书为媒"的亲
切访谈，比如对与《七月》派诗人渊源甚深的老诗人吕剑先
生、对曾经被打成"右派"而今成为饱学之士的流沙河先生
的访谈，以及对死于非命的前辈诗人李广田赴死之地"莲花
池"的寻访，也都能使人生发出不少有关时代、社会和人生
的种种会意。

比历史的经验更值得记取的是历史的教训。好在许多"历史的教训"还处在刚刚过去的"当代",那些悲剧历史命运的承受者还有许多人仍然健在,他们是活着的历史博物馆,只要有心进去,必不会空手而归。

但"你要抓紧",因为"我们年纪都大了"!——冀汸先生的提醒正响在耳边。

二〇〇五年四月十日,杭州朝晖楼

非爱书人不能心会

六月初，收到湖北十堰李传新先生以中国邮政"贺年有奖幸运封"挂号寄来的个人新著《拥书闲读》一册。书为大三十二开本，毛边，封面设计素雅，流沙河题签，中国文史出版社二〇〇八年十二月第一版，内封有作者题赠三行、钤印一方："张欣先生：今收到吕夫人赵宗珏女士寄来的地址，小册子始能奉赠，许多朋友的地址均无存，只能知道一位补寄一位了。李传新己丑五月初八"

看来，传新先生是辗转通过北京的吕剑先生获知我的通讯处的，其盛意可感。不错，我与传新先生并无书信往还，但经由《书友》《开卷》《芳草地》这几种声名远播的民间读书报刊，却也早闻其名，现在有机会得到题赠签名本，拜读之下，印象可就加深了许多。

这印象之一，就是感觉传新先生真是一位纯正的"非功利性读书人"，与所谓"书到用时方恨少"式的发奋大为不同。不能说后一种读书境界就多么不好，但仅仅从"用"的层面获取动力，恐怕就只是被动多于主动，意绪间不会怎么从容吧？过去常常有所谓"为××而读书"，一如艺术界、文学界之"为××而艺术""为××而文学"，自然有其合理性，可也不能除了时代的最强音，其他状态就必须一律不能存在呵！否则怎么保障人的、社会的生态平衡与多元发展呢？事实证明，正是因为有了各界潜在然而活跃的"民间"部落，才保持了民族文化的丰富与厚重。以读书界说，在"为革命""为中华崛起""为成才"读书而外，实在很需要许许多多"为读书而读书"的爱书人的。黄成勇为本书撰写的序言以及作者本人的"代跋"《书的记忆》均有不少关于传新先生与书籍的故事，在在显示了一位"民间"抑或如作者自称"布衣""草根"爱书人的平淡自适的情怀。

印象之二，在于这平淡自适情怀之下，有着一份爱书人独到的感知人事的角度和干净清爽的笔墨。在读书方面，一如在生活的其他方面，我大概算是一个多面派，愿意领略不同的面孔、性情与风格，既愿意为先锋派找寻存在的理由，也愿意亲和传统派的古典魅力，要点只在于这不同风格是否真实与纯粹，是否都是发自生命深处的心语。有了这样的基础，则无论董桥、王小波、梁文道，还是阿城、陈丹青、张中行，抑或是蒙田、梭罗、博尔赫斯，都可以照单收下。《拥书闲读》所涉及的，虽然只是一位远离文化中心的书店职员视野中的当代书业，然而因了作者的慧眼慧心，字里行间透露出的那份明晰与质实，却颇为值得品味。比如对于分别印刷于"文革"前夕和"文革"后期的长篇小说《海岛女民兵》的两个版本的比较，就看出作者的敏锐与细心；再比如在"包子馒头"书友家里于"整整齐齐的大书架"之外，独能领悟到那"三十几册民国版周作人著作"偏偏要放到"一个不起眼的小纸箱里"的良苦用心。《签名本识小》一篇，尤得吾心，因我也正是不折不扣的爱屋及乌派。读其书想见其为人，见其人想得其签名本，所以我同意传新先生"读书有各种各样的理由，由赠而读未尝不可"的说法，也由衷地欣赏此文最后一段话："签名本是文化积累中的一朵小花，它更多带有自我色彩，不要期望它升值，尽管有升值的签名本。但凡有作家签售活动，尽量不要错过，所谓读书评书皆有趣味，懂与不懂都是收获，何况珍藏乎！拥有一定数量的签名本，犹如回忆三百六十五个历历在目的故事，该是何等亲切和愉悦。"

印象之三是从这本书里，竟然知道了作者与"垮掉的一代"诗人金斯伯格作品的翻译者文楚安先生也有过长期的交往，尽管是君子之交淡如水，却也为这位一度"怀才不遇"、有着"不羁的性格"的翻译家留下了生动的影像。我读过文先生翻译的《在路上》，也买过一册文译《金斯伯格诗选》，喜欢他为《在路上》译本撰写的前言，且由此对这位有胆识、译笔漂亮的金斯伯格译介者产生了好感，现在从传新先生的描述中，依稀触摸到了这位翻译家的精神世界。

以上三个印象，自然不能涵盖这部新书的全部好处或者不足，也就算不上严格的书评，权当我在立秋之后犹自燠热的阴雨天里答谢作者的一纸回书。而已。

二〇〇八年八月十四日，杭州朝晖楼

众里寻他千百度

　　这自然是一句老掉牙的名句，但用于表达对阿滢新著的理解，似乎也还贴切。

　　阿滢这本新著，书名题为《寻找精神家园》，突出了"寻找"的心理主题，又借取了"精神家园"这一流行已久的用语，我个人感觉略显凝重了一点。不过读过全书，联想到我们所置身的当代生活之浮漂无根，再想象作者和自己差不多共同的成长背景以及现实处境，似乎也就由理解而释然了。

　　四十几篇散文随笔，阿滢把它们分成三辑，分别命名为"人生履痕""秋声夜话"和"书香人生"，虽说各有侧重，但表层的线索大抵仍然与书有关，深层的联络则不外乎纯洁心声的低诉，也就是书名所昭示的对"精神家园"的"寻求"。

对一些人而言，书籍真是奇妙的黏合剂和媒介。阿滢的不少散文就让我感觉到，除了与生俱来的亲人，读书人的朋友大多都是缘书而结交，就像另一些人以烟结友、以酒结友、以棋结友、以武结友一样。书的世界是一个自由、辽阔、洁净的天地，而唯有属于这个世界的人才能够窥其堂奥。阿滢的讲述令我想起不少与其相似的美好际遇，不能说人生一世，只有与书结缘才是最高尚的追求，但我想拥有这样的际遇毕竟是难得的快乐和幸福。《说赠书》《初识自牧》就写得意兴盎然。再譬如那篇《六月书事》吧，我读了它才觉得这样自然写出的文章竟是如此富丽潇洒，一切缘书而记之、发之，有事、有思、有情，而毫无做作之态。这或者算是一种日记体的读书笔记吧？

置身在充满活力而又急功近利的当代生活之中，既感兴奋，又有无奈，这可能是一桩无法消解的悖论。而且几乎任何时代都是如此，非独今日为然。知识分子的特殊意义就在于他不为表面的繁华所迷惑，也不能从一己的观测出发"杞人忧天"，他可以去发现，可以因发现而赞美；他可以去沉思，可以因沉思而谴责。他甚至也可以保留一份"众人皆醉我独醒"时的"独善其身"，寄身于山水之间，沉溺于诗酒之乐。唯独不可以的是面对强权而畏葸不前甚而至于"为虎作伥"或者"同流合污"，否则怎么能对得起"知识分子"这个称号？阿滢大概和我一样，虽然都并不拥有一个强有力的声音，虽然也不能像那些先知一样洞察眼前的时代且能作出对未来的预见，但似乎也还有着对崇高和纯洁的向往，对英雄和勇士的发自内心的尊敬，对庸俗和偏见的深恶痛绝的鄙夷与规避。所以，从我的本心出发，我更为欣赏阿滢在散文随笔中生发的许多议论。《朋友》《老师》《关于作家》以及《写信的年代》诸篇当在此列。《离岗》一篇，似乎与读书无关，却又关乎人生意义，其所记叙"官本位"背景中那些"在岗声势赫赫、离岗路人不齿"或者"有人一做官就变坏，有人一变坏就升官"的人物，我也见过不少。出现这种情况，尽管也有个人道德问题，但根本原因还在文化、社会、制度方面，所谓"时势造英雄"是也。再如《十笏园的大门紧闭着》，阿滢写他有机会去潍坊寻访名胜十笏园，却赶上人家因"开会"而紧闭大门，无奈，终于悻悻而归。好在有文献可查，作者遂以此将十笏园的来龙去脉了解得清清楚楚。作者写到这里犹自不平，阐发议论："为了'开会'，而把游客拒之门外，实在费解。"又引用一个体老板的话道出其中奥妙："他们都是吃官饭的，有没有游客与他们没关系……"自然，这里仍然暴露出制度的缺陷。制度建立若不以人性为基础，则会使人性偏离轨道，弃善而从恶。

　　但是我倒觉得，还可以从另一个侧面理解"十笏园的大门紧闭着"这一现象。现在，我就把自己读了此篇后的一段随想抄在这里，结束这篇短文：

　　　　热脸贴上冷屁股，此种尴尬，屡屡遭遇。然从另一角度考量，似乎亦可不计。设想：即使大门洞开，你如愿以偿得以游园，心得真的就较多较深厚吗？慕名而来，败兴而归，深层原因可能是得之于眼者多，而得之于心者少。大门紧闭，心门反而得以洞开。贤者足不出户而神游天外，对世道人心反看得更清楚一点，盖缘于此。

明乎此，"精神家园"似乎已用不着去刻意"寻找"，因为它从来就在我们心中。如果曾经失落，那是我们自己的原因。

那人就在

灯火阑珊处……

二○○六年五月三日，旧时钱塘

卷四

汶水谣

去年夏末秋初，为一股说不清缘由的冲动驱使，我挥手向朝夕依伴二十年的泰山作别，登上了南下的列车。一夜好睡，醒来朝车窗外面一望，已是江流纵横、稻菽铺绿、黛瓦粉墙的江南。走出完全现代化了的城站火车站，孤立在纷纷嚷嚷的车水人流之中，心里疑窦顿生：这就是柳三变为之倾倒、咏叹再三的"东南形胜，江吴都会"？所谓"烟柳画桥，风帘翠幕，参差十万人家"有无变迁？所谓"羌管弄晴，菱歌泛夜，嬉嬉钓叟莲娃"是否依旧？

时间在不知不觉当中静静流失，而我与这个占尽天时地利、既古旧又摩登、既风雅又凡俗的城市还远远说不上熟稔。被时代这块砺石打磨得雪亮的杭州和广州、上海、南京似乎已

没有什么区别，而我所希望寻找的却只是早被高大的现代建筑
淹没掉的历史陈迹。流光溢彩的雷峰塔装上了电梯，古老的塔
基和一堆残砖犹在，那传说中的白娘子又在哪里？在一个雨
天，我徘徊在一条面目模糊的巷子里寻寻觅觅，希望能找到我
喜爱的诗人曾经日日走过的雨巷，但是诗人的故居早已被一幢
七层的居民楼所代替。也是冒着淅淅沥沥的秋雨，我走上杭州
城里的制高点吴山，让我感兴趣的却是正在重修的东岳庙。不
久前，我又沿着龙井山路去寻访鸡笼山的一个墓园，因为据说
诗僧苏曼殊的墓塔就迁于此地。可是，穿过了鸡笼山庄，转过
了几个山口，数过了数不清的墓碑，曼殊的遗骨终不可寻。借
问采茶的乡民，回答一概是"搞勿灵清"！

　　从质量、效率的物质生活的意义上，我当然并不想装模作
样地生发什么思古的幽情，不过，从人对自身发展史、尤其是
精神历程渴望回顾与反思的心理需求角度，我还是不赞成把自
己的脚印打扫得干干净净或涂改得面目全非，即使这些脚印多
么稚拙。

　　在历史的涡流中脱胎换骨、如今更显得扑朔迷离的城市
呵，能否让我一睹你的旧时容颜呢？

　　在江南永远湿漉漉的雨天里，我常常怀念北方故乡的一条
越来越枯瘦的河床。

　　大汶河在李白的诗里被称作"汶水"，在更遥远的年代比
如春秋时代也被叫作"汶水"。她发源于鲁中泰沂山脉东部的
莱芜境内，先后有牟汶、嬴汶、柴汶、石汶等五条大的"汶

水"分别从莱芜、新泰、泰安流出，并在中游的泰莱平原汇合，是所谓"五汶交汇"。在泰山以南的大汶口，有著名的史前古文化遗址。再往下，汶水成为宁阳、肥城两县的界河，在宁阳境内的堽城坝，据说是建于元代的规模巨大的水利工程。而同时，堽城坝又是一个建立在河边细沙地上的村庄，是我父祖的故乡。我的年纪轻轻就早逝的祖父，遗骨就埋在河边的沙土地里。祖父的哥哥，老年在汶河里捕鱼，却被雨季的河水淹没，遗体在很远的下游才被找到。

汶水的下游流到东平境内，当地人称她为"大清河"，河面宽阔，河水幽深，一直流入这一带最大的水域——东平湖。京杭大运河恰好打湖边穿过。

汶水，曾经像一个巨大而温暖的手掌，把莱芜、新泰、泰安、肥城、宁阳、东平六个兄弟搂在流溢着母爱深情的土地的怀抱里。

由此，流淌在《诗经》里的汤汤的汶水，汹涌在李白诗歌里的浩荡的汶水，她的流域实在是一个不必拆分的整体，她和青郁苍然的泰沂山脉相互依存，在工业文明时代大规模到来之前，像一对又健壮、又丰腴的夫妇，养育着怀抱中的六兄弟。

我的父祖寄居在汶水中游肥沃的沙地上，我却在她上游的岸边出生、成长、工作。莱芜城临河而建，我上学的小学、中学皆在河边。在酒厂、造纸厂的污水还没有流进河床的年代，河水透明亮丽如翡翠，河沙柔软闪烁如金银，水中游鱼穿梭，沙里金贝筑巢，南岸的灌木丛静谧清凉，北岸的柳树林蝉声鼎沸。孕育生命的河流呵，你是我少年时代的天堂。

在泰山脚下读完大学，生命中似乎也拥有了一份崇高。如果说河水滋养了我的温情，泰山的胸膛却让我感受到一种男人的厚实。"荡胸生层云，决眦入归鸟。"二十五岁的杜甫在泰山写下的诗句，也正表达了我当时的情怀。在我离开泰山到莱芜一个山区学校开始教书生涯的时候，我心里洋溢着一股剑侠的豪气。

而且，我发现，这个叫"颜庄"的地方，其东南的山岭地带正是汶水的正源。

在已经走过的四十年的旅程中，我走来走去，竟从未走出汶水覆盖的地域。

在六兄弟中，地处汶水下游的东平或许该是小弟弟吧？但这只是一个比方，地理环境似乎无法按长幼排序，也不必排序。

总之，东平是汶水流经的最后一个州县，在东平，她完全汇入此地最大的湖泊东平湖。如果还要寻找她和外面世界的联系，大约就是东平湖旁边的隋唐运河了。或许她的些须水流不甘寂寞，会通过某条水道进入运河南下钱塘吧？

隋唐运河作为古代最重要的水运航道，带动了沿岸大大小小城市经济的繁荣。东平的地位，虽然比不上德州、聊城、济宁，但是在汶水流域的州县当中，却也是长期独领风骚，让众兄弟为之倾倒。种种荣耀，只要翻翻唐宋以来的文献，当不难想象。

　　六兄弟中，宁阳是我的祖籍，莱芜是我的出生地，东平却只能算是我的同宗亲戚。我在中学时代，曾看过一本连环画《东平湖的鸟声》，可不知道东平湖是在哪里。第一次感觉到东平，是大学毕业、刚刚工作那年独自骑自行车"壮游"（姑且这么说吧）鲁中的时候。在经过博山、淄川、张店、周村、章丘、济南、长清、平阴之后的第五天傍晚，我到达当时的东平县城——州城。在秋庄稼收割后的黄昏的公路上，跳来跳去的青蛙常常挡住我的去路。我在当时还是平房的县委招待所里住了一夜。我想到我的一个来自东平的中学好友。

　　六年之后，我带学生到东平实习。住在新县城的新招待所，每天骑自行车到十几里之外的实习地彭集镇马代村听课，沿途总要经过汶水的下游"大清河"。在春天的温暖的阳光里，梧桐树下的麦地，麦地里金黄的油菜花，向我展示着泥土的活力。

　　有一天，我们几个青年教师和几个实习同学乘车到了大清河岸边的王台镇，受到穆兴年同学一家的热情招待。穆兴年的父母还给我们借了一条船，我们划着它沿河"漂流"。此地的大清河变得静水流深，但水质已经相当不好，造纸厂流出的暗红而刺鼻的污水和周围静谧的乡村风光极不协调。

　　在最近的几年，我究竟去过几次东平，似乎已记不清楚。但有着隋唐佛祖石窟造像的白佛山我是去过的，东平湖北岸的蜡山森林公园我也曾登临。如果说还有遗憾，就是从不曾泛舟湖上，领略北方湖泊的凛然气象。

　　汶水流域的六个州县当中，东平的小吃最具风味。印象最好的是豆面粥、烧饼和糟鱼。在泰安，我常常登门的，是一家东平人开的烧饼店，尽管他们做的烧饼味道、色泽、口感皆不如原产地的好。

二〇〇三年五月二十日，杭城朝晖楼；二〇一〇年十二月六日，午山重抄

外祖父的遗物

　　我的外祖父尹崇钦生于民国二年，后来随他父亲到济南做生意，在馆驿街中段经营一家叫"天和成"的铁货铺，直到一九五四年以"城记铁货店"的名义"申请歇业"、辞退雇工而止。今年暑期，我回山东陪侍住院的父亲期间，母亲还给我看过当年济南市人民政府工商局、济南市第五区人民政府核准备案的材料。但是好好的"城记铁货店"，何以会一下子就"歇业"了呢？如今外祖父、外祖母去世已近二十年，没法从他们口中获知具体背景了。不过我记忆中外祖父老年时候常常"不合时宜"地大发牢骚、大声咒骂的样子，使我确信他的事业和人生的受挫与时代变迁有关。

　　外祖父的两个女儿后来都到了外地，身边颇为冷清，于是我父亲就打算把我寄养在济南和他们做伴。无奈我那时才四五岁，年纪实在太小，受不了两位老人家的规矩和冷清，最终没能长期住下去。但因了这份渊源，我后来还是愿意常去外祖父家里走走，对那个二层小楼上上下下、里里外外的情况还是熟悉的。

馆驿街是济南市中心的老商业街，与纬一路平行，八十年代经营杂货、铜铁器具者居多，古旧而又嘈杂。外祖父的二层楼靠街向阳，昼夜熙熙攘攘，很少有安静的时候。故而每当外祖父愤愤不平地发泄他的牢骚、咒骂某某某时，外祖母就会慌慌张张地一边阻止、一边爬到床上去关窗。不过我从没问过他的牢骚是什么，我知道的只是因为他的"城市小业主"的家庭成分，我母亲始终未能获批加入"组织"。

外祖母梳妆台下面的一口蓝花瓷的"缸"吸引了我，可不知道它有什么用。关于它的来路，我问过外祖母，外祖母也含糊其辞，说是可能日本人时候有的，至于是自己买的还是人家送的就说不清楚了。不错，这口缸大约三十厘米高、四十多厘米宽，扇面的画框中是富士山，还有两个宝葫芦的图案，从我注意到它的那一天，它就一直静静地蹲在那个旧梳妆台的下面，因为那漂亮的、白雪皑皑的富士山，我真的很喜欢它，每次去都会仔细看几眼。

时间过得总是很快。外祖父七十多岁时修房子摔了一跤，此后半身不遂，走路越来越困难了，我读书、工作，一个人骑车旅游或出差到济南，从来都是住在外祖父家，只在八十年代末在山东师大读助教进修班一年中是住在学校，一个艺术系的朋友曾经跟我到家里给外祖父、外祖母拍照，在我的印象中，那是一组很有点艺术品位的照片。

孰料刚刚进入九十年代，我的儿子在四月份出生，两位老人却先后在六月份和九月份过世了。更奇怪的是到了第二年，我外祖父母生前住的那间靠街向阳的正屋，因为一层住户不慎引发一场火灾，结果烧了个干干净净。一楼的住户当然也赔付了房屋的维修费，可我曾经看到的外祖父年轻时候拍的很帅、很酷的老照片却片纸不存了，那些原木的旧家具还有那口蹲在梳妆台下的漂亮的"缸"，一定也给烧毁了吧？

过了一段时间，我姨父雇车去济南拉回一些其他房间的旧家具，途经我的住处，给我留了两把折叠椅，我却两眼放光地突然看到了车上那口"缸"，它竟然没有被烧毁，那几道裂纹是原先就有的。可是此时我却有点不好意思要下来，于是它就被拉到了百里之外姨父的家里。而他却不知道拿这口"缸"做什么用，也只是随便放在了某个角落。结果是我后来去姨父家的时候，又费尽力气把它带到了泰山脚下。

我的外祖父前半生经营铁货店，后半生被安排到济南红旗汽车零件厂当工人，潦倒恨世，死后连老屋也遭焚烧，几乎没留下什么遗物，幸亏我父亲曾跟他要过一张老照片，总算留下了他年轻时穿着长衫的样子。除了这张老照片，如今这口劫后余生的"缸"大概是他留下的最有分量的纪念品了。

说到分量，这口"缸"真的很重，一个人要双手扣住缸沿才能提起，所以我从姨父家带回来真是很不容易。先是姨父派他弟弟用自行车帮我送到乘车点，下了车我硬是用双手扣着它带回了家。

　　有一天晚上，有个做收藏品生意的老学生到我家，一进门他就看到了放在书桌下面的东西，接着就问我从哪里来的，可不可以出让给他，及至仔细审视终于看到了那道裂纹后才转移了话题。我于是知道这是一种专放字画的器具，至于叫什么名字，可就糊涂了，直到今晚上网搜查，才约略知道小的可称字画筒、字画罐，这般个头的怕是要叫作字画缸了。过了一天，新结识的艺术系同事又告诉我，它该叫作"卷缸"——盛放画卷的缸。哦，卷缸，真有点儿雅俗共赏的意味。

　　可是，我的外祖父是做铁货生意的，从没流露过对字画的爱好，怎么会有这么一口"卷缸"呢？问我母亲，说不上来，想回头再问问外祖父母，外祖父母早已作了古人。我想这个问题大概永不可解了。

　　在新世纪的第二年秋天，这口沉重的字画缸——卷缸被钉进木箱，又装上了"佳吉快运"的货车，随着我迁移到了千里之外的钱塘江边，在我的新家定居了。看到它，我就会再次猜想它的来历，想到外祖父母一生的命运，想到自己第一次看到它时那种眼睛一亮的感觉。

　　　　　　　　　　二〇一〇年十二月五日夜半，杭州午山

家藏几卷书常有

去年父亲去世后，我写了一篇《书箱深处的诱惑》，想从读书这个侧面梳理一下自己与父亲的关系，主要是父亲存书无意中对我产生的影响。这个话题似乎并没有说完，脑子里还是常常想到父亲失去或留下的那些签过名字的书籍，也总想再找机会仔细查看查看。

清明节，专程回泰安扫墓完了，就再一次打开家中唯一的书橱，把现有的父亲生前购存书籍一一找出，列了清单，结果才知道存书并不多，而多数属于和他职业相关的时事政治类杂志和小册子，这其中又有许多早就被我处理掉了。比如五六十年代的《中国青年》《时事政治》杂志，六七十年代有着毛泽东、林彪合影的《红旗》杂志，等等。

现存父亲购存最早的书是《论写作》，扉页题签"购于莱芜书店/1958 年 6．4 号/张西泉"（发票上却是 7．4）。

这本书由人民文学出版社一九五八年四月第六次印刷，一九五五年五月第一版。是根据一九五三年苏联作家出版社《论写作》一书选辑的，收入的是高尔基、马卡连柯、尼·奥斯特洛夫斯基、巴甫连科、巴乌斯托夫斯基、包哥廷、绥拉菲摩维奇、西蒙诺夫、阿·托尔斯泰、法捷耶夫、裴定、富曼诺夫、爱伦堡共十三位苏联当代作家关于写作的论述。

《中国近代史讲话》（1—6 册），扉页题签"购于莱芜书店/张希泉/1962 年 7 月 19 号"。

这套书共六册，自装合订本，汪伯岩编写，山东人民出版社，一九五四年七月第一版，一九五六年二月第七次印刷。

《乐理初步》（第二次修订版），扉页题签"购于西安书店/1963．6．6"。

该书（英）柏顿绍著，缪天瑞编译，音乐出版社，一九五八年十二月第一版，一九六二年十月第十一次印刷。

《基本乐理》，扉页题签"购于四川省秀山县书店/1963．7．1"。

该书（苏）A·伊柳兴著，陈登颐译，音乐出版社，一九五五年六月第二版，一九六三年三月第十次印刷。

《评改两篇作文》，扉页题签"张力/65.7.8"。"张力"是父亲为自己起的另一个名字，由此可见他对自己的某种期待和设计。

该书叶圣陶著，"语文小丛书"编委会编，北京出版社，一九六四年三月第一版。

《天山的红花》，扉页题签"购于宁津/1965．10"。

该书为欧琳著电影文学剧本，中国电影出版社，一九六五年五月第一版。

《县委书记的榜样——焦裕禄》，扉页题签"1966. 2. 19"。

该书红色封面，山东人民出版社，一九六六年二月版。

以上几种均有题签，下面几种无题签，以出版先后为序。

《且介亭杂文二集》，鲁迅著，版权页有"根据鲁迅全集出版社'鲁迅全集'单行本纸版重印"，鲁迅先生纪念委员会编，人民文学出版社，一九五一年九月北京重印第一版，一九五三年十一月北京第五次印刷，中国图书发行公司发行。

该书无封面，扉页空白页上有父亲钢笔字迹"且介亭杂文二集/著者——鲁迅"，"且介亭杂文二集"竖排七个字刚好与内封书名重叠。

顺便说一句，这本书倒像是父亲认真阅读过的，书中各篇杂文差不多都有用铅笔、圆珠笔、红蓝铅笔做的标注与少数批语，标注多为词汇，批语涉及鲁迅杂文笔法，显见父亲读鲁迅目的在提高自己的语文及写作能力。

《我们切身的事业》，封面及版权页已失，我少年时为其补做封面写的是（苏）尼·伏尔科夫著，李鸿礼译。查孔夫子旧书网，有工人出版社一九五四年九月第一版第一次印刷，一九五五年一月第一版第四次印刷。但译者为刘光杰、夏宗易。

《避孕常识》，吉林省卫生厅汇编，吉林人民出版社一九五六年十二月第一版，一九五七年二月第一版第二次印刷。

《中华活页文选》（合订本 1—20），扉页有"裴玉"签名，中华书局，一九六二年五月第一版，一九六二年十一月第四次印刷。

此外还有个别盖有公章的单位存书，可能为父亲借阅未还者。

《漳河水》，阮章竞作，"中国人民文艺丛书"之一，新华书店发行，一九五〇年九月初版，1－10000【京】，封面及内封盖有"山东省总工会／莱芜县酒厂工会"紫色圆章。

《两地书》，鲁迅与景宋的通信，人民文学出版社，一九五二年十一月北京重印第一版，竖排，一九五三年十一月北京第三次印刷，亦为"根据鲁迅全集出版社'鲁迅全集'单行本纸版重印"。封面盖有竖排繁体红色公章，字迹不清，仅能辨识"中国""山东省公司""批发部"几个字，又叠有"工字第四号"钢笔字迹。

最可惜的是我少年时代能够阅读的一些书反而弄丢了，有两本五十年代人教版的《文学》课本，很厚，还有两本苏联的反特小说，其中一本书名是《将计就计》，另一本好像叫《损兵折将》。

如今看来，父亲的存书实在不算多，也一直没有像样的书箱，最早家里只有一个五十厘米见方的木质茶叶箱子，直到七十年代末时兴打家具，才请了一位南方来的木工到家里做了一个立橱、一个写字台和一个书橱。终于这些书连同我们兄弟三人的书都装到这个书橱中了。

若是从家族读书的历史看，父亲可就算我家第一个读书人了。我祖辈居鲁中泰莱平原汶水下游的滩地，世代为农，父亲在四十年代后期新政权时期才有机会读高小，五十年代初期考入国家银行系统再接受专业培训，身份由学生变成干部。他的读书生活肇始于此。

　　从上面所列举的书目，又可看出父亲并非专业读书人，但应算他那一代国家基层干部中的读书爱好者。无论在日常工作还是出差途中，他乐于购书，且有对通过读书提高自己各科知识和修养的较自觉追求。只是后来不但工作性质改变，由企业转公安机关，且政治形势愈发严峻，个人生活也日益被动，渐渐为不正常的政治形势所吞没，个人的心灵空间几乎荡然不存了。直到新时期开始，特别是退休以后，才又找回他对音乐的热爱，重新买了一些关于歌唱和乐器的书籍。

　　不过，说他在严酷的政治至上时代几乎没有了个人心灵空间，也不全对。因我突然想到一点细节，大约在"文革"后期我读初中时，他曾从私人手中借到过一册破旧的《唐诗三百首》，很严格地要求我和二弟逐首抄录在一个塑封笔记本上，他也抽空抄，这个本子也还留存着，我那时根本不能懂得所抄内容，但那确实是我对唐诗的最早接触。

　　后来我上大学时，他还买了重新出版的臧克家编《中国新诗选》，给我送到学校，又应我之请买了一部商务印书馆的《现代汉语词典》也给我送来。那已是一九八〇年，我也开始在新买的书上题签了。

　　他把自己读书的梦想自觉不自觉地向子女传递，我想这是我们姊弟几个要感谢父亲的。

　　　　二〇一二年九月五日午，父亲辞世周年。杭州午山

和语言摔跤

虽然我不时撰写一些有关现代诗人的研究报告，但涉及自己，却没有写过类似"诗论"的文字。只在最近，才应学生的要求题写了这样的话："从最高意义上说，写诗乃是一种人生方式。诗人的人生应当是不间断地实现真、促进善、创造美的过程。诗人应该用最富有弹力的语言耸立起一座坚挺的生命纪念碑。"

我固执地认为，饱和自己的主观创造意识，自觉迎受当代国际诗坛的良好影响，而又深度地融会民族诗歌的传统，是产生具有独创性诗人和现代化新诗的三个相互关联的条件。就此而言，我个人比较认同戴望舒、艾青、冯至、辛笛、穆旦、蔡其矫的诗品，虽说最初给我以诗的启示的曾经是朴素而明朗的

《吕剑诗集》。从我最初的诗作中不难发现吕剑先生那种独特的
抒情节奏。一九八六年以后的几年，我更热衷的是余光中先生
的作品，我觉得他那种"杂交语言"极有魅力，充分体现出现
代汉语的柔韧度和丰富性。我也想：既然我们是用汉语写作，
总应该表达出汉语的好处来。于是通过《我轻轻敲门》《孟姜》
《剑行》和《莲死于池》几首诗作了初步的实验。那几年，我
还阅读了 W·索因卡等人的作品，我惊诧他们对人类命运的
关怀和语言功力的深厚，但在写作中却无力、也不想去模仿
他们。

　　要写诗，就需要沉浸在创作的自觉之中。而要实现这种自
觉，首先就需要逃离热闹，甘于沉寂，以使自己不为日常利害
所动，从而面对一些永恒的东西。只有这样，才能在和语言的
较量中赢得主动。千百年来，无数文学前辈以高度的自觉、真
诚和勇气创造了一个无比灿烂美丽的语言世界，在这个世界中，
不同肤色人们的生存状况，追求、梦想，以及灾难和困境被显
示得比生活本身更为清晰，充实，动人。而这就是诗的魅力。

　　在我着手编订这本诗集的时候，传来了大江健三郎先生荣
获诺贝尔文学奖的消息。我很被动地打算去寻找一些大江作品
来读，遗憾的是，在我校馆藏的三十几万册图书中只存有这位
作家早期的一个短篇小说《突然变成的哑巴》，以及两篇更短
的随笔。这使我又一次感觉到我们和世界文坛的隔膜，也再一
次意识到自己和大师们的距离。我这样说，并非出于什么"自
卑情结"，而只是觉得应该并且能够做到的事情，却因为主观
投入的不足而没能做到。一个喜欢写作并试图以语言照亮生命

的人，如果不能驾驭语言，大约只好被语言的海水所淹没吧？

想到这些，我觉得不必再说什么了。

一九九四年十一月二十三日

附记：

这是一部流产的个人诗集《时间的船》的《自序》。

我在二十世纪八十年代先后编订个人小集《黄色梦》《自由神》，分别为油印版和打印版，一九八八年又应红粉之约编订另一小集《独步黄昏》，结果连同设计好的封面一同"覆水难收"。到了九十年代，济南有朋友拟出诗丛，我乃重新编订一册《时间的船》送去，记得当时朋友看了序，啧啧称赞，即把诗稿留下备用，此后却又没了下文。那个年代是诗歌的年代，然涉及诗集的出版，却又困难重重，盖诗者，从来都是非盈利读物也。既非名家，又非经典，谁肯轻易为你印制？

这样，拖到新世纪的二〇〇四年，在重庆华文诗学名家国际论坛邂逅香港诗人傅天虹先生，他约我加盟他主编的"中外现代诗名家集萃"当代诗丛，这才在《时间的船》基础上选了四十几首短诗，按照这套书的统一体例编成了一册薄薄的《子张世纪诗选》，翌年由银河出版社出版，真乃好事多磨。

如今二十多年过去，这篇序文大概只有"纪念"或曰"悼亡"的意义了。

二〇一五年四月十九日，杭州午山

且说《冷雨与热风》

　　《冷雨与热风》是我从事现代诗研究的第一部个人著作，因此拿在手中难免有一点敝帚自珍的情结。在友人的关照下，印装质量总算比较理想，以之奉送亲朋也还拿得出手。特别令我感觉温暖的是，诸多前辈、师友在收到书后，对其给予热情的关注，对我从事诗歌评论的学术选择也表示理解和肯定。自然，这里有称赞也有提醒，而不论是称赞还是提醒，我以为都包含着这些师辈对我的期望，故我不敢窃喜，亦不敢自卑。只愿意老老实实地继续走自己的路，哪怕是仅可容足的弯路。

　　我喜欢把胡适、郭沫若以来的所谓"新诗"称为汉语现代诗，这样说虽然啰唆一点，但其包容性似乎较"新诗"为强。因此最初我给《冷雨与热风》起的书名即为《现代诗思问录》，

"思问录"一词乃取借于古人，求其简明质实，后来校稿时看到"丛书"的其他几本书名全是"××与××"，以为是主编定的规矩，才又冠以《冷雨与热风》的正题。"风热雨冷"云云，不过求其形象，并无深意寄托，而且也早有人先行取用（如鲁迅之《热风》，余光中之《听听那冷雨》即是），谈不上独创。但用于对现代诗的思考与询问，也许还有一点道理。在我看来，汉语现代诗的诗风大体有两种比较不同的表现倾向，一种以情感为骨，一种以智慧为根，而抒情诗又有热情与幽情之分。以情感特别是以热情为骨的诗好比热风，能引起共鸣；以智慧为根的诗则如冷雨，能唤醒理智。《冷雨与热风》所议论的正包括这两种诗。而当我把书送到九十五岁高龄的施蛰存先生面前时，他老人家却对书名表示了异议：

"你这本书的书名不好！"——他指着封面说。

"那么副标题呢？"——我希望能受到一点称赞，却没想到施先生还是摇头："也不好！"

虽然没有得到称赞，我还是很快乐。因为我喜欢施先生的坦率。

诗人邵燕祥先生在来信中对我表示理解，他说："现在出书不易，尤其是诗歌方面，况又是诗歌评论，业已沦为冷门。许多诗评家都已洗手，而你犹孜孜以求之，更加不易。我读时感到亲切的，不但因为所议是我比较熟悉的一些诗人诗作，而且由于持论并不故作艰深，我能读懂。而对我不能读懂的某些诗论，我是只好敬谢不读的，现代性的重要特点，即尊重个人的选择，旨哉斯言！"燕祥先生后面一句话，最耐回味。

山东大学牛运清教授也表达了与邵先生同样的意思，只是他同时还借题发挥，抨击了一下所谓"诗人"。言词恳切，兹引如下："诗界不兴旺，原因多多。但其中之一，大概是：诗被诗人糟蹋了。小说可以编，但诗不可编。目前大量诗歌垃圾是由一群少才、害情而又缺德的'诗人'编出来的。因而导致诗的国度几乎找不到好诗。《黄河诗报》已改为《山东税务》，由最清虚走向最实利，还会再有诗歌吗？"

其实我之"钟爱"于诗，也不过是偶然的邂逅，并不存在如牛先生所谓"执着地为诗思考，为诗探问"的品格。一个人选择什么作研究对象，主观因素固然重要，际遇却也不容小看。我最初结交的是诗人，也就对诗多予垂青，垂青越多，惯性越大，终于不能自已。从对个体诗人的关注，到对诗歌思潮、诗歌美学的求解，慢慢写出了这些文章。及至结集，我自己也不免略感意外：竟然"厚"到像一本书了！

西南师大吕进先生则由拙著谈到了现代诗的形式美学问题，对我颇具启发意义："这是一本有原创性的著作，不少见解有理论的闪光，我读了前半部分，很感兴趣。例如双重关怀，这是四十年代现代主义诗歌留给当下诗歌多么丰厚的遗产，如果诗界和学界有更多的人注意它，研究它，实践它，我相信对诗歌和诗学的发展有不小的意义。你提出诗体建设的课题也有见地。这几章我还没看，不知你是怎么写的。诗体问题被时人作了狭窄化的理解。其实，诗体不只属于形态美学范畴，更广泛地说，它属于形式美学范畴。形式美学是新诗与生俱来的绝不可弱的弱项，正等候有志者着笔。"

但说来惭愧，我对诗体的思考恰恰还比较狭窄，还没有把它充分地从"形态美学"上升到"形式美学"来探问。吕先生的提醒不可谓不中肯，亦不可谓不及时。

有关《冷雨与热风》的函件还有一些，如吕剑、曾卓先生的诸多褒奖，又如几位老师"责之愈切，爱之愈殷"的长信……但它们都可以单独成文和发表，故这里且不多说。

二〇〇〇年六月六日，海岳书屋

我是陈近南？

去年年底，中文系二○○四级的才子们玩了一个颇具中文系特色的游戏，他们把现任中文系教师与金庸武侠小说人物一一对应，什么"段正淳""周伯通""郭大侠"，什么"方证大师""风清扬""鸠摩智"，一应俱全，让人看了笑破肚皮。区区不才，被封为《鹿鼎记》中那位"天地会"的总舵主"陈近南"，而且作了注释说：

> 张欣是研究现当代文学的，所以给他找了一个离我们的年代比较近的清朝人物，陈近南。张欣和陈近南的相似之处只能说跟我们有关，因为我们很像韦小宝。哈哈，张欣老师，一个拥有文学理想的老师，偶

尔还会写一些现代诗，和陈近南一样算是一个比较正
统的，拥有事业理想的人，没想到碰到我们工大的中
文系，一群完全没有一点文学理想的人，跟韦小宝一
样，什么反清复明，文学理想啊，老师在上面说半
天，跟我没关系，还不如元宝人民币来得实在。不知
道张欣老师现在会不会很无奈，不知道我们会不会像
韦小宝一样虽没有学识但是混的功夫一流？

这就是说，我其实还不是陈近南，只不过他们觉得自己
"很像韦小宝"而已。可接下来却还是让我跟陈近南套近乎，
把我美化为"和陈近南一样算是一个比较正统的，拥有事业理
想的人"。当然我得说，他们真是够聪明、够专业、够调皮，
而且够宽容，把我的一切不足全部删除，只保留下最能安慰人
的一面，又放大若干倍给我看。可是我也要说，就像一切阅读
都存在不同程度的误读一样，这"陈近南"的角色恐怕并不能
让我认同。首先一个，我算不上"正统"，我绝对不会做什么
"反清复明"的"义举"；其次，说我"拥有事业理想"，自我
感觉颇具讽刺意味。不错，三十年前我曾"正统"过，二十年
前也曾"理想"过，但是现在，我越来越觉得自己成了"迷惘
的一代"，成了钱锺书的粉丝，或者说，某种意义上成了一个
存在主义者。

假如真要让我自己选个金庸武侠小说中的角色，那我宁可
选择令狐冲，那个一心一意要退出江湖、躲进小楼成一统的人。

自然，这回笑破肚皮的可能不是我，而是"韦小宝"们

了。他们会撇撇嘴：嘿！美得你！人家令狐冲什么人物？漂亮，潇洒，风流，你也配！

可说句心里话，那正是我的"理想"。如果人生可以重来，下辈子我一定朝着这个方向努力，真正让自己活得"理想"一点。

当我这么写的时候，已经到了年底，填不完的表格和写不完的总结接踵而来，新的业绩考核标准和年度科研奖励条例接踵而来，课程建设期中检查和新春团拜接踵而来，二十万字以上还是二十万字以下才算专著与一篇"A"类核心期刊论文能否抵两篇"B"类核心期刊论文接踵而来，看望离退休老同志与民主党派人士座谈会接踵而来，述职报告与年终工作量盘点接踵而来，当然，接踵而来的可能还有一个神秘却又诱人的红包……

那么，这是不是证明我们确实无奈，确实生活在琐碎、灰色、无聊之中？没错儿，我们的生存环境远不理想，充其量也就是"一地鸡毛"，温暖然而腻歪。

在这样的条件下，陈近南、令狐冲、韦小宝，哪一个角色能使我"最具幸福感"？小友们，劳烦你指点我。

二○○八年一月十七日，杭州

当年中学生　所忆在莱芜

一

　　阿滢先生出了个很撩人的题目："我的中学时代"。

　　不说古代，只说民国以来的新式教育，经历过"初级中学"和"高级中学"教育阶段的中国人按十年一代算算，也有不止百年、不止十代的历史变迁与新知积累了，无论是尚且健在的耄耋老人，还是刚刚由水深火热的高考炼狱挣脱出来的十八岁少年，谁没有属于自己的、永远都特别、永远都鲜活的中学故事？"我的中学时代"，一种带着青春期体温和梦幻的诱惑，又怎么会不撩人？

　　就是写诗写歌、写小说的，似乎也都钟情于这朦胧青涩、多感多梦的年华呐！只不过因为时代不同、学校不同、个性和观念不同，写在诗里、歌里、小说里的故事、情感、思想也就不尽相同罢了。民国时代的不说，就拿王蒙的《青春万岁》跟韩寒的《三重门》一比，那差异可就大了去了。我读它们，自然也都喜欢，甚至从书中不同时代的中学生身上看到自己当时年少的影子，但若说到真正的感同身受，还得推王朔的那本《动物凶猛》。王朔所写，是他个人的"文革"记忆，虽然那是北京，是所谓"大院子弟"，但那个时代特定的氛围，却与我记忆中的中学生活最为吻合。

多年以后重聚首，我内心泛起的也正是《动物凶猛》中描述的那种感觉："随着一个个名字的道出，蒙尘的岁月开始渐渐露出原有的光泽和生动的轮廓，那些陌生的脸重又变得熟悉和亲切。很多人其实毫无改变，只不过我们被一个个远远地隔离开了，彼此望尘莫及，当我们又聚在一起，旧日的情景便毫无困难地再现了。"

于是，我的中学时代的幕布便毫不费力地拉开了。

二

我不是北京的"大院子弟"，那是我们这些基层干部子弟所难以想象的，可是说来我也毕竟是每天从"大院"里出来到学校上课的孩子，那"大院"的原址就是封建时代莱芜县衙所在，新中国时代的县政府，"文革"时期的"县委"——"县革委会"的"大院"。我的父亲是这个县公安局的普通干部，我们住的是"县委大院"最后面与县武装部相邻的旧平房，当年日本人盖的营房，木板的房顶，风化严重的青砖墙……

二十世纪七十年代的莱芜县城，沿汶河北岸是老城，一条南北向的胜利路把它切分为东关、西关，东关是集市，西关多学校，县委大院在中间偏西一点。

一九七四年夏，我从西关路南的红星小学五年级毕业，自然而然地升到西关路北的莱芜一中读中学，两年初中又三年高中（其中一年为复读备考），都是在这里读的。初、高中学制两年，大概跟"学制要缩短、教育要革命"的"最高指示"有关吧？

记忆中的莱芜一中，从古朴幽深的南门洞开始，一直到学校后面的教职员宿舍，除了一排红砖的实验室，其他全是青砖平房，大操场之外，至少还有三大块可以种庄稼的"实验田"，西北角还有养猪场和小工厂。经过那个时代的人都知道，这些正是那时候学校必不可少的办学要素。最高指示说了："也要学工、学农、学军，也要批判资产阶级。"

不错，学工、学农、学军、批判资产阶级，是我的中学时代的重要课程。初中阶段，每周一次劳动课，或者经过学校南门到汶河里抬沙子，或者在校园里的实验田里耙地，三伏天到西关大队"拾麦子"，早春时节参加农田基本建设，我们班里还有一头猪，分小组轮流养。高中阶段的学工，印象深的是到煤机厂跟着一位青工师傅学开车床，知道了除车床外还有刨床等，用遥控器把沉重的机械零件吊来吊去，中午到我姐姐的车间里吃午饭——那时候我姐姐已在这个厂里工作。一九七六年秋季，城东十五里外的地理沟大队划拨给一中几十亩地办农场，我们背着行李坐大货车去劳动了两星期。一进村，按要求到老乡家里帮人家打水、扫地，作风都是学解放军。一部分同学住老乡家，我们二十几个则住在用秫秸搭起的窝棚里，白天到地里干活，晚上睡觉前必有一次"地瓜大战"，就像电影里的美国飞机在朝鲜扔炸弹，每天闹腾到很晚才睡下。因为窝棚里没有灯，谁也看不见谁，这用"地瓜"作武器的狂轰滥炸就有点像假面舞会，只是不那么文雅罢了。

我在那个农场里待了一个星期，已经有恍若隔世之感。请假步行回家一次，就听我母亲很紧张地告诉我："江青出事了！"果然第二天回到农场，就看到村边墙上已贴出了"打倒王洪文、张春桥、江青、姚文元反党集团"的标语，过了一两天，我们和带队老师围坐在地里通过一台半导体收音机收听"重要广播"：北京天安门广场庆祝粉碎"四人帮"的盛大集会，北京市委书记吴德拖着长腔宣告："我们党胜利了！无产阶级胜利了！人民胜利了！"

那一年说来可真是多事之秋，新年刚过的某天早晨，我父亲还没起床就大喊："赶快开收音机！周总理去世了！"清明过后的一个早上，大广播喇叭里又传出"天安门广场反革命事件"的广播，一进校门就看到所有同学都已经搬出凳子在集体收听了。不知为什么，我心里有一种莫名的兴奋感，被作为"反动诗词"的"欲悲闻鬼叫，我哭豺狼笑。洒血祭雄杰，扬眉剑出鞘。中国已不是过去的中国，人民也不是愚不可及，秦皇的封建时代已一去不复返了，我们要的是真正的马列主义……"我一下子就牢牢记住了。暑假里我一个人睡在摇摇欲坠的"日本营房"中，突然听到隔壁大喊："地震了！地震了!"爬起来跑到外头，只听得纷纷攘攘，但也没有什么大事发生，揉揉眼又回去睡了，第二天才知道是唐山大地震。下半年升入高中，有一天下午四点多钟，我和一位同学去仓库送还劳动工具，突然听到震撼人心的哀乐响起，接着是令人难以置信的"沉痛宣告"，我们两个走在回家的路上，心中忐忑不安，不知道毛主席死了中国人还怎么活。

三

那个时候，大背景多是"大批判"和劳动，但课还是要上的，也通过各种途径读了一些书，因而也还有不少值得回忆的细节。

初中两年，我的数学、物理、化学课实在乏善可陈，语文相对比较有感觉。但这感觉并不来自课本，而是来自一个邻居家的阿姨，一个同桌女同学和两三位语文老师。真正留下印象的课文只有恩格斯《在马克思墓前的讲话》、高尔基的《海燕》和一篇叫作《江河》的散文。三个语文老师中，王佃宝老师普通话好，曾经在作文课上读过我一篇"批林批孔"的作文，实际上我也是抄的报纸。李希正老师在"评《水浒》批宋江"时抛开"投降派"不说，专门挑《水浒》中的精采章节讲解，比如"拳打镇关西"和"倒拔垂杨柳"，讲得大家十分兴奋，以至于申春生老师来接他课的时候同学们一致高喊："讲故事!"搞得申老师莫名其妙："不是批宋江吗？怎么讲故事呢?"

邻居郑姨闲居在家，爱抽烟，爱读书，我从她那里借书看，《苦菜花》和峻青的短篇小说看得我十分恐怖，晚上睡觉前总要拿手电筒照照床下有没有坏人。同桌王惠同学聪明多慧，真是少有的女才子，不多言，每天都坐在那里静静读书，有次上政治课看小说，被老师看到没收，她大哭大闹、不依不饶，使政治老师十分窘迫。她从桌洞里悄悄递给我一本没有封面的、繁体字竖排本的《安徒生童话选集》，从此我沉浸到了《大克劳斯和小克劳斯》《夜莺》《海的女儿》的意境之中。一九七八年参加高考，我又被安排与她同桌（那时还没有实行单人单桌单行），可惜我那时虚荣心太强，没有珍惜这次机会，以至于名落孙山，而她却以优异成绩被南开大学录取。

那个年代闹书荒，搞到一本书实在不容易，而不容易找到的书又往往被视为"反动小说"或"黄色小说"。但李希正老师常常不管这些，给我们讲了不少古今中外的作家和作品故事，有一次讲到巴金，说他"抗美援朝"时写了一篇《我们会见了彭德怀司令员》受到批判，还说他是中国写小说拿稿费最多的作家。记得初中时一位同学借我看一本没有封面、纸页泛黄的《三家巷》，转而又被另一位同学揭发，说我看"黄色小说"。学校图书室每星期可以借书一两次，每次都排很长的队，借到的却只能是《西沙儿女》《征途》《金光大道》这类书，我却也读得津津有味，还迷上了浩然的小说，他的《艳阳天》《西沙儿女》以及早期的短篇小说集都为我所喜爱，后来还模仿他的短篇小说写了几篇比较有感觉的作文。图书室的温老师对我很好，有时可以单独进去挑书，一位语文老师还推荐我看柳青的《创业史》，但我觉得这个书名不能打动我，就没有借。

高中毕业那一年，因为有高考这件事，班主任隋庆云老师借我的一本《子夜》，也没能读下去。

一九七八年当年高考不中，于是插班进入十八级，后来又重新编班进入"文科班"，等于补足了三年高中。语文李希正老师、唐功武老师，数学李家芳老师、洪声芝老师、宋波老师，还有政治老师张伯钊老师，都是一中最好的老师，令我印象深刻，我自己也发奋一年，成为一九七九年考上大学的三十二名学生中的一个。而历史老师申春生，同一年也考上了研究生，后来在山东社会科学院从事研究工作。

还记得进入高中，"新时期"开始，为了"防震"在露天里跟史旭良老师学习英语的情景。不少同学因为方言因素，不会发"儿化"音，常常闹笑话。我不存在这方面困难，喜欢学英语，只不过单词都是"革命""无产阶级"这类政治术语，结果也没有学得好。但史老师对我印象好，后来跟别的老师说在这个班里只教了我一个学生。

离开莱芜一中后，伴随着政治上的"拨乱反正"，不少老师落实政策回了原籍，如张伯钊、陈光达老师分别回了北京、上海，李西正老师退休后回了南京，史旭良老师到了青岛。几年之后，又一批老师到了泰安、济南。莱芜一中结束了一个时代，她的另一个时代要靠新的一代教师来开创了。

四

我在莱芜一中待了五年，从十三岁到十八岁，转眼三十年过去了，真的是流年似水。

没有经历过那个年代的人，或许会为我们遭遇那样一个时代而觉得惋惜，连我自己似乎也曾经愤愤不平，觉得我们这代人十分不幸，在需要读书的年代而没有认真读书，耽误了不少时间。

不错，从理性上讲，从国家、时代这些层面上讲，那个年代就整体而言的确是荒唐的，每个中国人也都需要反躬自问吧？但是从个人角度，从一个人全面成长的角度看，可以说谁也没有选择"时代"的主动权，你或许只能随遇而安，不能怨天尤人。而且，何谓幸运、何谓不幸？有时也很难说，也许一方面不幸，另一方面又是幸运，这要看每个当事人的具体情况。

譬如王朔在《动物凶猛》中就假小说人物之口表达过一种他个人的真实心情："我感激我所处的那个年代，在那个年代学生获得了空前的解放，不必学习那些后来注定要忘掉的无用的知识。我很同情现在的学生，他们即便认识到他们是在浪费青春也无计可施。我至今坚持认为人们之所以强迫年轻人读书并以光明的前途诱惑他们，仅仅是为了不让他们到街头闹事。"这段话，不完全对，学过的知识忘掉了并不等于"无用"，因为你的素质潜在地提升了。但中国近三十年来的中学生们在"高考制度"的规定下形成的难以忍受的学习高压，毕竟也是令人痛心疾首的残酷现实，这实在是对青春的施虐和摧残！我有时甚至想，毛泽东关于"教育革命"的命题，除了泛政治化的倾向，某些层面的合理性是不是被我们忽略了？

我的中学时代，就形成的知识结构而言是有严重缺陷的，但作为儿童少年另外一些层面的教育，譬如健康教育、快乐教育甚至道德情操教育，却未必赶不上今天的中学生们。比如，那时我们真正有一种"集体"感和"自由"感，身心是放松的。就小范围说，始终有友谊相伴，不孤独。那时的小学生、中学生，往往以父母所在单位和自己所在班级为交往圈，主要是为了上学、放学、游戏方便，比如我们同是"县委大院"的孩子是个大圈，大家都能玩在一起，而小的活动则又以同班同学为主。小学时我与姜海潮、李旭光一个班，初中时又与侯卫东、刘汝彬一个班，到了高中，则与张月军、徐延明一个班，这样每个阶段上学、放学就常常是结伴而行，而在一个班里也会有新的组合，比如同在班委、团支部的交往就比较多，有时会结伴到同学家里去玩。高中时记得几个人骑自行车到城外谷峰、孟庆京家里去，吃喝一天回来，真是快乐无比。这种情况下，连平时不好意思交往的女同学也有了来往。

想想看，要是一个人的中学回忆里没有这些内容，而只有读书、学习、夜以继日地做作业，那会多么单调、可怕！

所以，在时间过去以后，我没有抱怨，只有快乐，我要感谢命运，让莱芜一中选择了我和我的老师们、同学们，编织了那么多琐碎的、快乐的生命故事，留给我慢慢回忆、细细品尝。

二〇〇九年五月十三日，杭州

窗前江水　楼底市声

　　如果要我推选一首富有情趣的描述现代文人书斋生活的新诗，那我会毫不迟疑地说："你去看《闻一多先生的书桌》吧！"

　　这首活泼、诙谐、幽默的诗作，正是闻一多先生诗人兼学者生活的一幅面影，也是一个现代文人和他的文房诸宝共居一室、和谐相处的生动写照。你看："忽然一切的静物都讲话了/忽然间书桌上怨声腾沸：/墨盒呻吟道：'我渴得要死！'/字典喊雨水渍湿了他的背/信笺忙叫道弯痛了他的腰/钢笔说烟灰闭塞了他的嘴/毛笔讲火柴烧秃了他的须/铅笔抱怨牙刷压了他的腿/香炉咕喽着'这些野蛮的书/早晚定规要把你挤倒了！'/大钢表叹息快睡锈了骨头/'风来了！风来了！'稿纸都叫了"；还有："笔洗说他分明是盛水的/怎么吃得惯臭辣的雪茄灰/桌子怨一年洗不上两回澡/墨水壶说‘我两天给你洗一回’。/‘什么主人？谁是我们的主人？’/一切的静物都同声骂道/‘生活若果是这般的狼狈/倒还不如没有生活的好！’”

此时，“主人咬着烟斗迷迷地笑/‘一切的众生应该各安其位/我何曾有意的糟塌你们/秩序不在我的能力之内。’”

再证之以闻一多青岛大学时期同事、翻译家梁实秋的《书房》，就知道闻先生所云并非夸张。梁实秋写道：“闻一多的书房，和‘闻一多先生的书桌’一样，充实、有趣而乱。他的书全是中文书，而且几乎全是线装书。在青岛的时候，他仿效青岛大学图书馆庋藏中文图书的办法，给成套的中文书装制蓝布面，用白粉写上宋体字的书名，直立在书架上。这样的装备应该是很整齐可观，但是主人要作考证，东一部西一部的图书便要从书架上取下来参加獭祭的行列了，其结果是短榻上、地板上，唯一的一把木根雕制的太师椅上，全都是书。”

书房风格乃是主人性格的延伸，从闻一多书桌的“充实、有趣而乱”，可以想象其主人率性自然的一面。在《书房》一篇里，除了闻一多先生的书房，梁实秋还细致描述了民国时期戏剧家宋春舫的“褐木庐”、文学家周作人的“苦雨斋”与“苦茶庵”以及学者潘光旦在清华南院的书房。文中还有一句惹眼的话，也颇值得圈点：“书房的大小好坏，和一个人读书写作的成绩之多少高低，往往不成正比例。有好多著名作品是在监狱里写的。”

梁实秋先生所谓书房，自然也就是书斋、文房，而“文房”一词除了书房的意义而外，却还包括古时书房特有的用具，比如笔墨纸砚什么的，《闻一多先生的书桌》里写到的墨盒、信笺、钢笔、毛笔、铅笔、笔洗、墨水壶，皆在此列，所以才有"文房四宝"的说法。只是到了现代，文房的用具"与时俱进"，传统的笔墨纸砚渐渐被钢笔、铅笔、圆珠笔以及与之相配套的书写用纸取代，到了今日，甚至进入"无纸时代"，一切都可以通过电脑操作了，这些导致了书房文化在现代社会的衰落。正如梁实秋在另一篇《文房四宝》中说的："现在的读书人，情形不同了，读书人不一定要镇日价关在文房里，他可能大部分时间要走进实验室，或是跑进体育场，或是下田去培植什么品种，或是上山去挖掘古坟，纵然有随时书写的必要，'将文房四宝摆设起来'的那种排场是不可能出现的了。至少文房四宝的形态有了变化。"

不过，说是衰落，却非消亡，传统的魅力和读书人对"琅嬛福地"近乎本能的拥有欲都使得书房文化在坚持中更有了进一步复兴的迹象。"文革"后期，迟暮的伟人犹在古旧的书房里接待来客，更不必说眼下一拨又一拨"国学热"催生出的多少人对读书、对收藏、对琴棋书画的热情了。

这种热情，固然已不再如现代作家和藏书家叶灵凤所说，是将书房、文房视作"用自己的心血所筑成的避难所"了，固然也不排除某些人附庸风雅、甚至作为一种投资手段的商业动机，不过对多数真正喜好读书和艺术的人来说，恐怕也还是如叶灵凤所云，有着寻求"精神上的安慰"的意义。"因为摊开了每一册书，我不仅能忘去了我自己，而且更能获得了我自己。"

尤其是像我这样生长在文化贫血时代的所谓"六〇后"一

代，在经历了"文革"前后以批判"封资修"为中心的"继续革命"岁月之后，一旦有了重新认识历史、补习文化的机缘，自然是倍加珍惜的。我对书房、文房自然也怀有一份执着的憧憬，尽管这种憧憬始终没转化为认真的经营，因此谈不上严格意义上的书房、文房。

实际上，我一直是把自己的家视为一个大书房的，这和我的职业、喜好相关。当你真正喜欢书籍并且从事一种与书籍有关的工作时，你的家就往往不得不变成一个书房。特别是刚开始工作那些年，常常就是一间甚至半间房，也没有办法在书房和卧室之间划出一条界线。直到二十世纪九十年代初分到一套两室一厅的单元房，才似乎有了一个以书桌为核心的读书区域，再后来搬到更大一些的新居，开始有了命名书房的冲动了，于是请前辈诗人吕剑先生题写了"海岳书屋"四个大字，作为我在泰山脚下新居的书斋名。只是，斋名有了，我却分不清究竟哪间房算是书房，也许客厅才算吧，因为我的书橱是安在客厅里的。

几年之后，我就卜居钱塘了。一旦安顿下来，买书、读书的生活随即开始。刚来杭州那几年，我热衷于在各个旧书店和浙图的"假日书市"买旧书，结果很快就"满室皆书香"矣。这回没等我提出要求，吕剑先生主动给我题了"朝晖楼"三个字寄来，我也就当成了我的书斋名。事实上，"朝晖"二字没有什么讲究，不过是我居住的小区名字罢了。

在这个小区名义上是"过渡"，没想到这一"过渡"就是七年，直到二〇〇九年"五一"才搬到新购的之江校区公寓。

房子不大，但因为有个可以利用的阁楼，所以我喜欢。从阁楼的窗口南望，楼下一条河，河南岸是留泗路，再前面就是转塘镇，过去转塘镇不远，就是宽阔空濛的钱塘江了。

因我选择的这个住处，刚好是在之江国家旅游度假区内，也是杭州规划内的之江新区所在，距离虎跑公园、九溪十八涧、龙井村和梅家坞、龙坞茶区都很近。还有一个大清谷景区，曾经一度被开发，但现在似乎有些冷清了。可我正喜欢这份冷清，愿意骑着自行车去感受两面青山、一路清溪的幽然。正是这让我动心的幽然，给我带来了新的灵感：我有了经营一个新的书房的设想，我想来想去，一种带着大自然清新活力的感觉扑面而来，几行小诗酝酿成形："隐者居清谷，闲来学种花。晨昏两手汗，寒暑一壶茶。"对啊，就叫它"清谷花房"吧！这正是我现在需要的书斋名字。

我对书画艺术情有独钟，初中时期的美术启蒙老师是来自上海的陈光达先生，他本人是一位版画家，可当时限于种种条件，我没能像其他几位同学那样继续深造，因此自己始终没能真正进入艺术之门，我的"文房"最多只有书房的功能，而不包含丹青笔墨的成分。我的梦想就是能够如我喜爱的一些前辈文人那样拿得起毛笔来，偶尔可以用宣纸表达对生命、对美的理解，我想我会让我的文房一点一点丰富、充实起来，电脑之外，辅之以笔墨纸砚，希望右手可以敲键盘，左手可以勉强涂鸦。

非关风花雪月，或可强化人生。

二〇一一年八月十二日，辛卯立秋后第三、五日撰，杭州午山

日记：十问九答

蒙惠书，迟答为歉。

先生从教之余，专事"日记"研究，令在下十分倾慕。所拟"征答信"十条，足见苦心，谨遵嘱奉答如下：

一、您是从何时开始写日记的？至今共写了多少本多少万字？

说来可笑，我写日记始于"造假"。

那大约是一九七七年九月，我十六岁不到，高中二年级刚刚开始。此时虽说是"新时期"了，但除了"抓纲治国"，做事情的路子跟前几年也还差不多，所以我们这新学期仍然是到附近的农村劳动，修路，具体干得怎样，模糊了。但劳动结束后得到了"曹东大队革委会"赠送的"5图塑料压膜日记"本一个，扉页用毛笔题了"叶帅"《攻关》诗一首："攻城不怕坚，攻书莫畏难。科学有险阻，苦战能过关。"

写日记的念头就此萌生。但想到过去的一年，发生了那么多惊天动地的大事情，我感觉实在很需要有个记录，可事情过去了，当时却没想到要记下来。怎么办？只好补写，于是根据记忆从一九七六年一月一日开始补起，把"毛主席词二首发表""周总理逝世""天安门广场事件"直到朱、毛逝世这几件"大事"罗列了一遍。甚至为"粉碎'四人帮'"补写了一阕《忆秦娥·庆胜利》的"词"（当然不合格律）："神州舞，英雄铁臂扫白骨。扫白骨，清除四害，人人大快。人民大众开心日，王张江姚哭旧符。哭旧符，黄梁再现，彻底破产。"

或以为"文革"刚结束，一个中学生就会写诗词，似乎也还不简单。实际上写不合格律的旧体诗词正是那个时代的摩登文体，搞"大批判"除了大字报，就是这个，基本词汇无非就是"山河壮丽""导师英明"或者"面目狰狞""用心险恶"。所以《天安门诗抄》里头也多为旧体诗词。

日记补到八月二十一日，又写了一首所谓《满江红》："导师遗嘱，直飞到，天涯海角。望全国，扫清乌云，神州欢腾。革命跨入二十世纪，四化踊跃献才华。喜邓副主席重新来，欢起舞。看西伯，有极熊；观国际，黑虎多。这许多魔鬼，哪能依靠？革命百年成与败，还靠自己钻科学。愿各族人民大团结，同建国。"

少年"先锋"，可爱如此！

然后是重读"毛选"的笔记，也常常以诗或词的形式补写，间或有一二则外出游玩的记录。到十月中旬，终于坚持不下去，这始于"造假"的日记就此结束了。

直到八十年代才较为正式地写日记，但也不是绝对坚持，积累到现在究竟有多少字，无法统计，只能说有那么七八个或十来个本子吧。

二、在多年的日记写作过程中，您最难忘的是什么？

我写日记，似乎从未做到"精心"二字，倒是开始时的"造假"十分认真，大概那是个类似"仪式"的时刻吧。由此可见，"认真"做的事，未必是有价值的事——譬如"造假"。

三、围绕日记，您有什么值得乐道的故事？

在旅途中写日记，有时会伴随激情，故而印象较深。巴金《随想录》影响甚大的时候，有一次我从泰安坐火车去济南，无事可做，就在座位上拿巴金与鲁迅作比较，想到他们都选择上海筑家，而没有留在京城，似与其社会态度有关，当即洋洋洒洒地挥写。火车到了济南站，一篇日记还没写完。

二〇〇〇年四月，我去上海"朝圣"，短短几天之内登门拜访了四位我曾经十分佩服的文坛耆宿，自觉十分满足，可回到家里只写了一小段"上海日记"，匆匆留下一点印象。这反映出我写日记的一个习惯，即不太喜欢在日记中精雕细刻，也就没有把日记作为正式文章去经营，对我而言，日记差不多只是个生活的"账本"。

而生活更多时候不是戏剧，也不是电影，或小说，只是散文随笔而已。所以"乐道的故事"实在难说。

四、是什么力量使您坚持写日记至今？长期的日记写作给您的文学创作和学术研究带来了哪些具体帮助？请举例说明。

其实在日记写作中，我多半时间抱着一种怀疑态度，即经常问自己：记这些东西究竟有什么意义？流传后世？可是谁需要？自玩自赏？也近乎无聊。这大概也正是我一直不能认真写日记的原因所在，所以我觉得自己的日记不过是"一地鸡毛"，连画家的素材本也算不上。至少到现在为止，我还没想到要从过去的日记里去寻找灵感，除了上面所说的十五岁时的"造假"。

不过有时候，有了写几行诗的冲动时，倒愿意先在日记里涂抹一番，这时候日记本往往变成了草稿本。譬如二〇〇七年十二月二十四日，农历腊八节，傍晚讲完课坐校车回家的路上，车堵得厉害，前面的车尾一片红灯，这时候突然有了感觉，开始琢磨着怎么把这感觉形成语言，回到家，在日记本上涂了这么几行：

　　　　　回家的路没有走完
　　　　　天就黑了
　　　　　幸有班车可坐
　　　　　幸有空调取暖

> 把自己交给司机
>
> 且忘掉红灯绿灯
>
> 是梦？
>
> 非梦？
>
> 冬至飘来蜡梅香

说来奇怪，此后几天，竟一直有写诗的冲动，至年底，在日记本上先后涂写了好几首短诗。在此之前，我已有好几年没写语体诗了。

五、您现在的日记与以往的日记在写法和内容上有什么不同？这种变化说明了什么？

前头说了，我写日记始于少年时代的"造假"，那时用一种夸张的激情试图"创造历史"，只不过那种激情无法长期坚持（多累呀！），也就只好不了了之了。现在我还算是在写着日记，尽管不认真、不精心，但总还希望它真实，"有一说一"，写法上也似乎较为沉着一些，含蓄一些。这大概和年龄有关吧？

六、您读过哪些名人的日记？您认为青少年读一些名人日记有何好处？

少年时代最为耳熟的是《雷锋日记》，可惜除了在小册子里读过几篇，从没有整本拜读。后来又听说《雷锋日记》本来就不是"全本"，而是"删节本"，删去了不少私密性的内容，这才使我知道雷锋毕竟还是一个普通的、富有情趣的人。因为普通而有情趣，更加可爱。

和我的专业有关，翻过几位现代作家的日记，诗人郭小川的日记看得仔细一些，感觉比较有趣，能帮助我进一步理解他在建国初期的文学活动和个人生活，也能感受那个时代特有的气氛。

去年偶尔买到一本特价的《梭罗日记》，十分惊讶，他的日记风格绝不同于鲁迅、周作人，他真是细腻、生动、活泼、诗意，每段日记都是一篇精致漂亮的美文。梭罗，就是那位以《瓦尔登湖》著称的美国十九世纪的作家呀。他的日记也是在大自然中对人与自然关系的诗意思考。

青少年读几本这类的日记，当然会使自己的全人格得到提升。

七、在漫长的人生道路上，您与日记之间建立起了一种怎样的感情？您对日记有何高见？

识字以来，积年四十，算不上漫长。试写日记三十多年，至今却没有摸到路径，好像还没建立起多么难舍难分的情感，勉强"厮守"而已。对日记也无高见，只希望自己借这个机会，检点平生，或能找到一个把日记坚持下去的精神动力，同时怀抱一个理想：梦笔生花。

八、目前，在全国的大中小学生中，写日记的人越来
越多，您对他们有何希望？

这个消息令我振奋，希望他们的行动产生辐射力，至少让
我儿子也再一次拿起日记本来。

九、面对出版界出版的越来越多的名人日记或日记体
文学作品，您有何看法？您认为这对繁荣日记研
究有何帮助？

如果日记是一种文体，那日记研究就是一门学问了。二者
的关系当然是日记"冷"则日记研究亦"冷"，日记"显"则
日记研究跟着"显"，若从"繁荣"着眼，那自然就是诞生一
门显学：日记学。

但我对日记研究成为一门显学，持怀疑态度。

以上种种，随想随写，或有悖于先生期望，幸勿怪罪！如
若不妥，千万不要勉强入集，弃置一旁可也。

对我来说，这是一次反省自己的好机会。谢谢！

握手！

二〇〇八年十月十三—十四日，杭州

策 划

宁孜勤

主 编

董宁文

图书在版编目（CIP）数据

人在字里行间 / 子张著. — 上海：文汇出版社，
2017. 7
　（开卷书坊. 第六辑）
　ISBN 978 - 7 - 5496 - 2117 - 0

　Ⅰ. ①人… Ⅱ. ①子… Ⅲ. ①随笔—作品集—
中国—当代　Ⅳ. ①I267. 1

中国版本图书馆 CIP 数据核字（2017）第 120898 号

人在字里行间

作　　者 / 子　张
策　　划 / 宁孜勤
主　　编 / 董宁文
责任编辑 / 鲍广丽
装帧设计 / 观止堂＿未　泯

出 版 人 / 桂国强

出版发行 / 文汇出版社
　　　　　上海市威海路 755 号
　　　　　（邮政编码 200041）
经　　销 / 全国新华书店
照　　排 / 南京理工大学资产经营有限公司
印　　刷 / 上海宝山译文印刷厂
版　　次 / 2017 年 8 月第 1 版
印　　次 / 2017 年 8 月第 1 次印刷
开　　本 / 880×1230　　1/32
字　　数 / 166 千
印　　张 / 8

ISBN 978 - 7 - 5496 - 2117 - 0
定　　价 / 38.00 元